国家出版基金项目
NATIONAL PUBLICATION FOUNDATION

华北抗日根据地及
解放区文艺大系

陈　晋　郑恩兵　主编

《晋察冀日报》文艺文献全编

戏剧卷

宋少净　编

河北出版传媒集团
河北教育出版社

图书在版编目（CIP）数据

《晋察冀日报》文艺文献全编．戏剧卷 / 宋少净编
．-- 石家庄 ：河北教育出版社，2023.12
（华北抗日根据地及解放区文艺大系 / 陈晋，郑恩
兵主编）
ISBN 978-7-5545-7665-6

Ⅰ．①晋… Ⅱ．①宋… Ⅲ．①文艺－作品综合集－世
界－现代②剧本－作品集－中国－现代 Ⅳ．①I11
②I230

中国国家版本馆CIP数据核字(2023)第043829号

书　　名　《晋察冀日报》文艺文献全编·戏剧卷
JINCHAJI RIBAO WENYI WENXIAN QUANBIAN XIJU JUAN
编　　者　宋少净

责任编辑　张亚楠
装帧设计　郝　旭
出　　版　河北出版传媒集团
河北教育出版社　http://www.hbep.com
（石家庄市联盟路705号，050061）
印　　制　石家庄众旺彩印有限公司
开　　本　787毫米×1092毫米　1/16
印　　张　7.5
字　　数　100千字
版　　次　2023年12月第1版
印　　次　2023年12月第1次印刷
书　　号　ISBN 978-7-5545-7665-6
定　　价　52.00元

丛书编委会

编纂说明

在中国共产党百年发展历程中，文艺始终是党领导人民开展进步事业的有机组成部分，是党在各个历史时期的中心工作的实时反映和重要推动力量。“华北抗日根据地及解放区文艺大系”，是一部全面展示抗日战争和解放战争时期华北地区党的历史创造、奋斗风采和形象建构的大型革命历史文艺文献丛书，对于深入研究华北地区革命文艺史、红色新闻史，弘扬伟大建党精神、梳理中国共产党人精神谱系，是必不可少的第一手资料，是我们在新时代坚定树立文化自信的重要思想资源。

一、编纂缘起

抗日战争及解放战争时期，华北地处各方政治与文化力量激烈博弈的前沿，这种特殊政治、军事、文化、地理环境中产生的革命文艺，具有鲜明的地域性特征，是五四新文化运动以来的革命文艺发展史上的突出标识。

但一直以来，由于史料文献整理不足，对华北抗日根据地及解放区文艺的研究，始终未能深入，其独特的地域性实践价值和蕴含的文化创新意义被严重遮蔽。这些史料文献主要以党报党刊的形式呈现，梳理汇编这些党报党刊中的革命文艺史料，借之以探索华北革命文艺的发展路径、发展方向、创造机制和创新经验，是深入贯彻习近平总书记关于“把红色资源利用好、把红色传统发扬好、把红色基因传承好”，“用好红色资源、赓续红色血脉”等系列重要讲话精神的有力举措，也是新时代文艺研究者不可推卸的责任。

2017 年 6 月左右，我们去中国社科院文学所拜访时任所长刘跃进先生，协商合作研究事宜，寻求中国社科院文学所的帮助。请教过程中，刘先生建议我们结合地方特色，做好地方红色文艺文献的搜集整理与编纂出版工作。经过一段时间筹备，2017 年底，我们以“河北红色经典系列丛书”为名，正式申报“2018 年度河北省省级宣传文化发展专项资金”项目并成功立项，旨在通过选定刊行河北红色经典作品、梳理汇编河北红色经典研究资料、系统阐述河北红色经典发展历史等基础性工作，打造一个集大成式的河北红色经典文献资料库。

项目最初设计共二十四卷，包括六大板块：《河北红色经典史》一卷、《河北红色文艺作品选》六卷、《河北红色经典作家作品索引》三卷、《河北红色经典研究资料汇编》四卷、《〈晋察冀日报〉副刊文学作品全编》六卷、《晋冀鲁豫抗日根据地文艺作品及〈新华日报〉太行版文艺作品汇编》四卷。但在项目实施过程中，我们充分吸收专家意见，认为网络时代和大数据背景下的科研活动有了很大变化，《河北红色经典作家作品索引》与《河北红色经典研究资料汇编》的编纂工作，在当前学术生态中价值不大，并予以取消。同时，在项目实施过程中我们发现，《晋察冀日报》《人民日报》等党报除刊发大量文艺作品外，还有大量记录边区文艺工作者行迹，反映边区戏剧、音乐、文学、美术、舞蹈、曲艺活动与报刊书籍出版发行等各方面情况的文艺史料，以及体现我党文艺方向、方针变化的政策文件与重要领导讲话，是华北地域党和人民对敌作战的重要宣传武器，更是飘扬在华北地区军民心中一面旗帜。这些史料是华北地域革命文艺发生、发展与壮大的真实记录，对我们正确认识革命文艺的特点与历史地位有重要的决定性作用。

为此，我们精心整理了《〈晋察冀日报〉文艺文献全编》《晋冀鲁豫〈人民日报〉文艺文献全编》《〈晋察冀画报〉文艺文献全编》《晋察冀日报社人物志》（共五十一卷），同时收入全国抗战时期和解放战争时期与河北地域相关且被广大群众所喜爱并广泛传唱的红色文艺作品，结集为《河北红色文艺作品选》（共六卷），至此形成丛书目前的五大板块，而且将名称由“河北红色经典系列丛书”改为“华北抗日根据地及解放区文艺大系”，方便以后在此基础上做进一步拓展。

二、地域范围及文艺特质

华北抗日根据地包括当时山东、河北、山西、察哈尔、绥远、热河全部及豫北、苏北、皖北部分地区，分晋绥、晋察冀、晋冀豫、冀鲁豫、山东五大块。1941 年，冀鲁豫合并到晋冀豫，称晋冀鲁豫。其中晋察冀抗日根据地作为开辟最早、地域最大、人口最众的模范抗日根据地，是华北抗日根据地的坚强堡垒，牵制和抗击了三分之一以上的华北日军和二分之一的伪军。

在河北及其邻省周边地区开辟与创建华北抗日根据地，是红军长征到达陕北之后党中央迅速做出的重大战略决策。这些根据地地处对日武装斗争最前线，不仅打开了抗战的新局面，成为华北敌后抗战的主战场，而且进行了新民主主义社会的实践探索，对解放战争的历史进程产生了巨大影响，成为我党开辟东北解放区的前进基地和逐鹿中原的战略后方。随着抗日根据地的开辟，延安文艺工作团、西北战地服务团、东北促进纵队干部队、八路军总政治部前线记者团等大批文艺工作者，随同党政干部一道陆续抵达华北，东北、平津的青年学生也纷纷冒着生命危险来到边区。他们一手拿枪，一手拿笔，深入农村与抗战前线，切身体会工农兵的生活，深刻了解工农兵的需求，从而根本上克服了艺术至上主义思想倾向。所以，华北抗日根据地及解放区文艺，既响应了伟大的民族抗战对文学艺术提出的时代要求，亦充分兼顾到广大人民群众的接受习惯和欣赏水平，真实地反映了华北人民火热的战斗与生产生活。很多作者本身就是农民、战士或基层工作者，他们把自己的经历和熟悉的人和事，通过小说、戏剧、诗歌、报告文学、歌曲、绘画、舞蹈等文艺样式记录下来，语言通俗平实，富有生活气息。由于产生于特定时代、特定区域而又适应特定需要，故而无论是题材、语言还是风格，在体现革命大众文艺共性的同时，又具有强烈的华北地域特性。

华北抗日根据地及解放区文艺的繁荣发展，是专业文艺工作者与工农兵群众共同创造的结果。人民群众不仅是革命文艺运动的主导主体、推进主体、受益主体，还是一切成败得失的评判主体。华北抗日根据地及解放区文艺，归根结底，是“以人民为中心”的文艺。

三、学术价值

今天的河北在抗日战争、解放战争时期是晋察冀、晋冀鲁豫两大根据地的中心区域，有着悠久的革命历史传统和丰厚的红色文化底蕴。据不完全统计，抗日战争和解放战争期间，仅晋察冀边区专区以上就办有报刊四百余种，编印图书五百余万册。如果将这种统计扩大到环绕河北的整个华北抗日根据地及解放区，时间扩展至从中国共产党成立到中华人民共和国成立，数据更为可观。这些红色图书、报刊的出版发行，团结了一大批来自全国各地的著名革命文艺家和专业文艺工作者，其中有大量文艺相关信息，是研究近现代中国革命文艺的重要史料。但因受当时物质条件及复杂局势影响，它们传播范围有限，保存困难，如今已普遍出现老化或损毁现象，面临着消失、断层的危险。

长期以来，由于对抢救、整理和利用红色文艺文献的意义认识不足，现行的科研评价、出版机制亦难以有效刺激科研工作者积极从事老旧报刊等红色文艺文献的系统整理，大量有待整理的红色文艺文献尚未进入学界的视野。特别是华北抗日根据地及解放区的文艺文献，有很多甚至还是学术盲区。如《冀中导报》《救国报》《边政导报》《冀南日报》《团结报》《前进报》《新察哈尔报》《冀热察导报》等各类党报，以及《冀热辽画报》《冀中画报》《北方文化》《五十年代》《新长城》《新群众》《诗建设》《诗战线》等期刊，虽有部分学者对其办报（刊）历程、思想以及传播等方面予以研究，但均无系统的文艺文献整理本。“华北抗日根据地及解放区文艺大系”整理的《晋察冀日报》、晋冀鲁豫《人民日报》、《晋察冀画报》，是当时华北抗日根据地及解放区党报党刊的典型代表，是党的理论和实践同文艺结合的主要媒介和载体，是华北革命文艺重要的传播平台。这些报刊，既客观记录了华北革命文艺的传播与发展，也完整展现了华北革命文艺的特殊使命与风格特征，具有极其重要的史料价值。在此基础上，我们还会将视角延伸到《晋绥日报》《新华日报·太行版》《新华日报·太岳版》等党报，不断地充实这套大型文献史料丛书，以此来系统建构华北抗日根据地及解放区的“文艺史料学”。

四、丛书特色

这套丛书的编纂，主要以抗日战争及解放战争期间华北境内各根据地、解放区出版、发行、制作之图书、期刊、报纸等红色文献中的文艺资料为内容。编纂特色主要包括：

（一）抢救珍贵历史文献，弘扬伟大建党精神。

华北抗日根据地及解放区的红色文献发行于条件艰苦的战争年代，数量少，印制质量粗糙，历经岁月的洗礼，留存下来的品相完好者已经很少，有些到今天已成孤本。这些文献作为特定历史时期和区域的产物，见证了中国共产党领导华北人民争取民族独立和人民解放的伟大历程，反映了华北近代社会的巨大变化，蕴含着珍贵的史料价值和鉴往知来的现实意义，是中国共产党领导的文艺事业、新闻出版事业与意识形态建设发展的历史见证。它们诠释了党的初心和使命，蕴含着坚定的理想信念与崇高的革命精神，到今天仍然具有强大的感染力与说服力，是陶冶情操、磨炼意志，走好新时代长征路的有效精神资源。抢救性搜集、整理与研究这些珍贵历史文献，有利于增强党政干部政治信仰，弘扬伟大建党精神和践行社会主义核心价值观。

（二）文艺与党史密切融合，拓展革命文艺与党史研究的新视野。

革命文艺作品的创作、发表和传播，和党的历史任务和奋斗实践是分不开的。在艰苦卓绝的革命岁月，奋斗前行的中国共产党始终强调，既要拿“枪杆子”，也要拿“笔杆子”。革命的文艺工作者，一手拿枪，一手拿笔，深入农村与抗战前线，以人民大众易于接受和欣赏的形式，宣传党的政策，推行党的方针，为中国共产党顺利完成不同历史阶段的中心任务和伟大使命发挥了独特而重要的作用。本套丛书收入的文献史料，主要是抗日战争与解放战争时期党报党刊中的文艺作品与文艺史料，它们鲜明生动地体现了党的历史，党领导人民争取民族独立、人民解放的奋斗历程和精神面貌，从而为学界从文艺角度研究党史和从党史角度研究文艺提供了有力支撑。

（三）作品汇编与史料梳理并行，还原革命文艺的历史场域。

“华北抗日根据地及解放区文艺大系”的编纂，全面辑录华北抗日根据地及解放区党报党刊上刊登的诗歌、小说、戏剧、报告文学、散文、歌曲、版画等文艺作品，并系统梳理当时文艺发生、发展、传播以及社会各界文艺活动的各类消息和报导，同时选编了大量的河北红色文艺作品作为补充。这种文艺史料与文艺作品的配合整理，还原了革命文艺的历史场域，有利于构建对革命文艺的科学认识。

五、丛书内容

（一）《〈晋察冀日报〉文艺文献全编》共三十八卷：

诗歌三卷

戏剧一卷

小说二卷

文艺评论三卷

文艺史料九卷

外国文艺二卷

散文报告文学十七卷

歌曲版画一卷

（二）《晋冀鲁豫〈人民日报〉文艺文献全编》共十一卷：

诗歌一卷

戏剧、小说、文艺评论一卷

散文报告文学五卷

文艺史料四卷

（三）《〈晋察冀画报〉文艺文献全编》一卷

（四）《晋察冀日报社人物志》一卷

（五）《河北红色文艺作品选》共六卷：

诗歌一卷

戏剧一卷

散文一卷

小说三卷

六、编纂体例

（一）整套丛书题材丰富、门类众多，在体裁上不做强行统一。

（二）丛书中所录作品均为当年报刊发表的原文。为确保丛书的文献性、学术性、专业性和资料性，丛书编辑加工的总原则为保持文献原貌，内容上不做改动。

（三）文字的使用

1. 丛书中文字的使用以 2013 年教育部、国家语言文字工作委员会公布的《通用规范汉字表》为准。

2. 丛书中的古体字、通假字、俗体字，以及所涉及姓名字号、职官地理等专用字，均予保留。

3. 丛书原文字迹模糊残损，但仍可辨认或可依上下文校正，以字外加方框“□”表示；原文缺字或无法辨识，且无法校补，每字以一个方框“□”表示；如无法统计所缺字数，则以“⧄”表示。

4. 丛书中数字的使用，保持原貌。

（四）标点符号及其他符号的使用

1. 丛书在不改变原文意义的情况下，将旧式标点改作现行标点符号。

2. 丛书原文中出现代表文字的符号，如“×”“△”“○”“▲”等，保持原貌。

3. 丛书原文中的着重号、专名号等不再保留。

（五）其他

1. 丛书原文中的注释，保持原貌。编者亦出部分注释，供读者参考。

2. 因为原始文献本身产生于战争年代，保存不易，漫漶不清处较多，丛书疏误之处在所难免，希望专家读者批评指正。

七、鸣谢

本套丛书得以顺利面世，要特别感谢中共河北省委宣传部、河北省社会科学院、河北教育出版社的资金支持，以及北京大学陈平原教授、中国社科院文学所刘跃进研究员、南开大学文学院李扬教授、河北师范大学文学院王长华教授等，为丛书编纂提供了多方面的学术支撑；晋察冀日报社老报人及报史研究会诸位老师，中国社科院文学所现代室、中国丁玲研究会、中国现代文学馆各位专家，也在丛书编纂过程中提出了许多建设性意见；院内外的数十位年轻科研工作者，在原文录入和校对方面付出了艰辛劳动，确保了项目的顺利进行。在此一并致谢。

把艺术交给大众（代序）

——祝贺“华北抗日根据地及解放区文艺大系”结集问世

中国社会科学院　刘跃进

由河北省社会科学院文学研究所编纂、河北教育出版社出版的“华北抗日根据地及解放区文艺大系”结集问世，值得庆贺。

文艺是时代前进的号角。1937 年 7 月 7 日，卢沟桥事变爆发，全面抗战由此而起。广大的爱国知识分子和青年学生，表现出同仇敌忾的民族气节，走出书斋，走出校园，用知识，用智慧，用不屈的精神力量唤醒民众，用实际行动担负起抗日救亡的历史重任。在此后的岁月里，延安文艺和华北抗日根据地及解放区文艺，是中国共产党领导下的两大主体，双峰并峙，展示着那个时代的风貌，引领了那个时代的风气。

随着抗日根据地的开辟，延安文艺工作团、西北战地服务团、东北促进纵队干部队、八路军总政治部前线记者团等大批文艺工作者，随同党政干部一道陆续抵达华北，东北、平津的青年学生也纷纷冒着生命危险来到边区。他们一方面积极创作大量街头剧、活报剧、街头诗、墙头小说、木刻版画、歌曲、舞蹈等革命文艺，开展抗日救亡宣传运动；一方面也通过开办文艺干训班，开展各行业、各阶层甚至全民的文艺创作与评选活动，吸引工农兵群众加入文艺队伍，掀起了“晋察冀一周”“冀中一日”等具有深化性质的群众写作运动，以及“创造模范村剧团”“穷人乐”等群众戏剧运动，为晋察冀文艺史添上了浓墨重彩的一笔。

说到这里，我想起2009年参加《北平学生移动剧团团体日记》捐赠仪式的一段往事。从1937年到1938年，在中国抗战史上唯一以大学生组成的“北平学生移动剧团”在长达一年半的时间里，历尽艰难，转辗于国民党第五战区的各个战场，演出话剧，创办报纸，宣传抗日，鼓舞斗志，谱写出响彻云霄的时代赞歌。移动剧团的成员每人一周轮流记述，用日记形式记录了那段不平凡的岁月，《北平学生移动剧团团体日记》就是这部历史的记录。它不是写给个人看的私密记录，也不是为将来面世扬名。作者完全出于一种历史责任，真实客观地记录了那段鲜为人知的历史，体现出强烈的史家意识。日记封面上有这样一段题记，“北平学生移动剧团・愿我永恒・中华民国二十七年二月二十三日始・璧华”。孤立地看这部日记，也许没有什么轰轰烈烈的战斗业绩，也没有什么感人肺腑的情感纠结。客观、平实是它的本色，正是这种本色，为那个历史年代留下一段真实。“北平学生移动剧团”的抗日活动，是文艺工作者投身抗日洪流中的一个历史缩影。

随着抗战的胜利，察哈尔省会张家口解放，晋察冀文协、晋察冀剧协、晋察冀音协、晋察冀美协、晋察冀通讯社、晋察冀边区剧社、晋察冀日报社、晋察冀画报社等文化团体随中共晋察冀中央局和军区领导先后开赴华北根据地，一大批文艺工作者也随之来到华北，开展丰富多彩的文艺活动。他们坚持毛泽东《在延安文艺座谈会上的讲话》中指出的方向，一手拿枪，一手拿笔，深入农村与抗战前线，既为切身体会工农兵的生活，也为深刻了解工农兵的需求，从而在根本上克服了自身相当普遍和严重的艺术至上主义思想倾向，为工农兵而创作，为工农兵所利用，以人民大众易于接受和欣赏的形式，普遍写人民大众的生产战斗故事。譬如左翼作家邵子南，于1938年10月随西战团到晋察冀，主持战地社日常工作，主编《诗建设》；1943年整风运动后，他到阜平任小学教员，在反“扫荡”中与群众、民兵一起转移、战斗，还直接在五丈湾跟随李勇的游击组对日寇展开地雷战；1944年5月随团回延安，在鲁艺任教，后调陕甘宁文协搞专业创作，开始大量创作反映晋察冀边区生活的小说。他以亲身体验为基础创作的短篇小说《李勇大摆地雷阵》（后改为《地雷阵》），运用阜平农民群众的语言，以口语化方式讲述了爆炸英雄李勇的抗日故事，明显吸取了民间说唱文学的优点，特别是在白话叙述中还插入不少快板式的韵白，更适合群众的喜好，因而在当时广为流传，家喻户晓，起到了很大的宣传鼓动作用。其他作品，如《荷花淀》《太阳照在桑干河上》《漳河水》《赶车传》《王九诉苦》《孟祥英翻身》《新儿女英雄传》《白求恩大夫》《我的两家房东》《穷人乐》《李殿冰》《戎冠秀》《没有共产党就没有中国》《团结就是力量》《没有土地的人们》《白毛女》等，都是成功的文艺典范，在现代中国文学史上占据比较重要的位置。

在华北抗日根据地及解放区的文艺创作成果中，还有数以万计的文艺作品和极具研究价值的文艺史料刊发在根据地及解放区所办的报刊上。很多作者，本身就是农民、战士或基层工作者。他们把自己的经历和熟悉的人和事，通过小说、戏剧、诗歌、报告文学、歌曲、绘画、舞蹈等文艺样式记录下来，语言通俗，富有生活气息。人民既是历史的创造者，也是历史的见证者；既是历史的“剧中人”，也是历史的“剧作者”。让故事中的人物自己编词、自己表演的创作方式，很好地反映出人民的心声，并让人民群众从生动活泼的艺术作品中得到教育，这确实是一个成功的尝试。

配合党的中心工作，“把艺术交给大众”，通过文艺唤醒大众，这已成为华北文艺工作者的自觉意识。他们积极响应伟大的民族抗战对文学艺术提出的时代要求，充分兼顾到广大人民群众的接受习惯和欣赏水平，创作了大量的作品，真实地反映了燕赵儿女火热的战斗与生产生活，起到了良好的宣传教育与鼓动激励效果。刘萧无编排新闻报道剧《李殿冰》，编剧与演员一起住到李殿冰家里，以便于熟悉主人公的生活，搜集真实生动的群众语言，还模仿他们的动作，理解他们的心理，甚至还让主人公李殿冰等直接参与剧本的修改和编排。描写群众的生活，邀请群众参与创作，这是当时文艺工作者走群众路线的生动体现。该剧演出后获得当地老百姓的极大赞赏，鲁中实验剧团还专门学习该剧的创作方法，创编了三幕五场话剧《过关》。艾思奇《前方文艺运动的新范例》更是誉其开创了前方文艺的新范例。抗敌剧社的《王老三减租小唱》、冀中火线剧社的话剧《我们的母亲》，也都具有这种特色。

这些文艺作品，可能略显仓促，有的甚至急就于战火中，所以在素材提炼、人物形象塑造以及语言的使用、细节的刻画等方面还有很多不足。但是，这不是一般意义上的创作，而是燕赵大地为争取民族独立、人民解放的集体记忆和行动号角，是中国革命事业的重要组成部分。华北抗日根据地及解放区的文艺，有很多这样未经沉淀的纪实作品，不管其艺术性如何，但在发动群众、组织群众、铸就抗击日寇和国民党反动派铜墙铁壁方面，发挥了无可替代的作用。20 世纪五六十年代，河北地区涌现出大量的红色经典，便是华北抗日根据地及解放区文艺的传承和发展。

2017 年 6 月，河北省社科院文学所郑恩兵所长来京与我们协商合作研究事宜。我根据所了解的信息，建议他们结合地方特色，做好地方红色文艺文献的搜集整理与编纂出版工作。“华北抗日根据地及解放区文艺大系”就是那次商讨的成果。全书由五个部分组成：第一部分为《晋察冀日报》文艺文献全编，第二部分为晋冀鲁豫《人民日报》文艺文献全编，第三部分为《晋察冀画报》文艺文献全编，第四部分为晋察冀日报社人物志，第五部分为河北红色文艺作品选。全书收录各种文体的作品六千余种，包括小说、诗歌、文艺评论、戏剧、报告文学、散文、文艺通讯、美术、书法和音乐、文艺史料，还有文艺信息、文艺广告，基本涵盖了华北抗日根据地及解放区的文艺创作情况，具有很高的研究价值。

时值中华人民共和国成立七十五周年之际，我们有机会阅读这部皇皇五十余册的“华北抗日根据地及解放区文艺大系”，更加深切地感受到新中国的建立真是来之不易，她是无数条战线的可歌可泣的人们不懈奋斗的结果。在这样一个特殊的日子里，我们感念当年那些有名无名的作者，感谢参与整理工作的学者，当然，更要感激我们这个伟大的时代。

目录

送破铜烂铁去……1
李甲长……2
枪……14
看看再说……25
墙头草……33
觉悟的青年……49
拜新年……52
王大妈参选……58
村落战……78
劝夫从军……88

送破铜烂铁去

于格　老张，你提一篮子坏家具送到哪儿去？

老张　哎，你还不知道吗？咱们边区，自本月二十日到三十日止，十天之内，大家把破铜烂铁收拾起来送给政府哩！

于格　哦！我还不晓得呢！

老张　咱们知道，待咱们庄稼收割了，鬼子一定要围攻咱们，咱们得要有武器才行。今年各地方都组织子弟兵，参加的人非常多，他们都感觉到没有武器使，所以大伙□□发起了献破铜烂铁运动，政府拿这些破铜烂铁来打造手榴弹、土枪、梭镖、大刀等武器杀鬼子。

于格　对啦！反正旧家具和破钟留起来也没啥用，我家还有一些破坏家具，等一会儿我去收拾一下，也送给乡公所。

老张　对！各家的破铜烂铁都要送给政府才对，不然的话，鬼子来了会给他们拿去利用，那时候才悔气哩！

于格　我看那破庙里有一个大钟，现在没有什么用，还是咱们抬着送到政府好了！

老张　我也这么说，可是有些人不同意！

于格　不同意？留来有啥用？咱们跟大家商量商量去吧！

（《抗敌报》1939年9月27日，《老百姓》副刊第33期）

李　甲　长

星光

地点　张家口市贫民区的一个贫民住宅

时间　张家口市解放后十来天

人物　李甲长:四十多岁

张兴太:三十多岁,甲长的亲戚

老太太:五六十岁

区长

群众甲、乙

[幕启:群众乙上,呼甲。

乙　六爷、六爷,区长下来公事啦!说是又发第二拨赈济粮哪,你敢领不敢领!

甲　(出)怎么,又发赈济粮啦?你说我领不领!

乙　我可不敢替您惹事。我是得领。

甲　你跟甲长挂号了没有?

乙　挂啥啊!日本人在,他管事,这回八路军来了,我木头眼镜——瞧不透他!一肚子坏杂碎,早晚有一天……

甲　(拉乙衣角)别说啦,他来啦,这会儿他还是甲长,大权在人手里哪,还是求求他老人家挂个号吧!(李甲长上)六爷您来啦,我正想找您哪。

李　快……快……把小旗挂出去!区长到啦!

甲　是……是……(入内室)

乙　六爷,又配给粮食啦?

李　什么"配给"!这不叫"配给",这是八路军"赏"下来的……这次配给的，不，不，这次“赏”的粮食不能随便挂号，一切听我支派……

甲　(上，手持国旗和日本旗)六爷，可是挂旗是挂哪一个旗呵？

李　还用问？挂那个一片红的。(挂中国旗，乙欲撕日本旗)

李　别别别撕！留着留着，往后万一再使唤的时候，省得另外做！

乙　那……要是查出来……

李　叫你留着，你就先留一留，简直是混蛋嘛。(甲趋前)

甲　六爷，您多照应点儿，八路军配给粮食，我能领点儿吗？您知道，我家的日子顶困难，三口人，光靠我做点儿小买卖是养不住的……

李　别说了，我知道，我这个甲长也不是一年半载了。这地面儿谁怎么样，我比知道自己家还清楚！

甲　那，我能挂上个号，配给一点儿吗？

李　你不行。

甲　不行？

李　你这种人呀，就会哭穷，明明过得不坏嘛！

甲　我的日子过得不坏？

李　你说你抢了多少东西？

甲　我就弄了两袋子白面、一袋子大米，还有点儿零零碎碎的东西。

李　喷，那不就得了，两袋子白面就够吃半年啦。

甲　可是以后……

李　以后？嘿嘿，你先不用这么打算吧，以后世界还不知道怎么变呢？……

甲　…………

李　这配给粮不为我所有,我是为国尽忠。这配给粮也不能随便领,不该领你也领了,人家查出来,加倍地罚你。

甲　张万全不是和我一样,他怎么领到了?

李　少说废话吧!他是他,你是你。

乙　六爷,我有事求求您!

老　六爷,我能领点儿配给粮吗?

李　(很烦)你们这些人,怎么不知趣呀?你们该领不该领,我自然明白,上边派下来,我就筹划过了,谁该领自然就派给谁。再说,你们头一回为什么不登记呢?

乙　咱们不明白,以为又和日本人在这儿一样,三回五趟地光挂号,十天半月也不配给,就是配下来,也是点儿杂和面。谁知道八路军不是那样,我姑姑家头天挂上,第三天就领下来了。全是黄澄澄的小米。咱们正后悔咧,听说又要第二回挂号,我就来求您了!

张　(上,请安)六爷,您早,来了哈哈,您到我屋里坐,您抽烟。(递烟点火)

李　兴太,孩子们都好啊?

张　托您六爷的福啦,都好!我听说您老人家来了,我赶紧来了,我上回不是领过赈济粮了吗?这回求您再恩典恩典,往后您用着我的时候……

李　好说好说,我再给你挂上个号。(取本子、铅笔写)

张　谢谢您老人家。

老　甲长老爷,我求求您,我家两个孩子小,什么活儿也不能干,孩子他爹给日本人打得疯了,整天一个劲儿地哭。一家人就靠我拾点儿破烂儿,给人做点儿活儿,不够吃,求您给咱们挂上一个吧！行不行？甲长老爷！

李　你呀，你没有资格呀，日本人在的时候你没有户口本呀！

老　原先领不到配给，这会儿我想，日本人走了……

李　日本人走了也是一样，八路军也得要户口本呀！没有户口本就没有资格领，这不是明摆着的理吗？趁早！（老太太郁郁退）

甲　那我们这有户口本的，您费心给挂一个！

乙　张兴太他那光景比我们几家都好过得多……

李　张兴太他是我亲戚，他光景好过不好过，我还不知道？

乙　说得是哪！

李　谁都会哭穷，我要什么都听你们的，我这个甲长就不用当啦！

甲、乙　六爷，您恩典恩典……

李　好的，好的，统统地挂号，反正不是我的粮食。（拿出小本来，众皆欢喜）可有一样，你们看这便宜好做，我先把话说在前头：这不是我拦你们，你们吃了小米，往后拿这做凭据，（举小本）跟你们要夫要款、要铜要铁，那时候你们可痛快点儿！

甲、乙　（相对无言）这……这……（犹疑）

李　哈哈，来啊……来挂个号呀。（众后退）

张　（过来）六爷，那您把我也给勾了吧！我出不起那款……

［李向张挤眼示意，张会意而退。

人声　（在外边）李甲长、李甲长，区长来了。

李　区长来了！（赶快整理一下身上，向群）你们先给我回去，等会儿传谁谁来！记住，见了区长可规矩点儿，不要胡说八道的！（下）

甲　真没听说过，当民官的还亲自到咱们这个穷地方来。

乙　八路军就是这样，一点儿官架子也没有！（下）

李　嗨嗨，区长，这儿实在太脏，上我家里去吧！叫穷人上那儿，您给他们训训话！（笑声）

区　就这儿吧！这儿就很好。（说着进到屋里，李鞠躬侍立旁边）

李　（向甲）快弄茶来！嗨，区长，真不容易，您亲自到敝甲来。嘿嘿，往后您多照应！（甲弄上茶来，李向甲）你先出去吧。（甲下）

区　你把你们甲的情形和我谈谈吧！

李　是是。（鞠躬）

区　我们不要这样，咱们都是一家人，老这样鞠躬不好。

李　是是是。（又一个躬）

区　不要这样，这是日本人的一套，我们不需要这个，咱们现在都是自己人……

区　请坐。

李　是是。（鞠躬、倒茶、点火以后坐下）

区　你在这儿当了几年甲长了？

李　当了两三年。不瞒您说，区长，敝人早有退隐之心，咱们中国人性烈，不愿受日本人的欺凌，实在是看在大家的面儿上，在这地面儿上和日本人维持维持，不过是上传下达，替民众办事，也不过是领领款子、催催夫子而已。

区　你原先替敌人办事，实际是做敌人的爪牙，往后你的思想要改变一下了。

李　是是是是，明白明白。敝人一向就不敢有思想，也不信佛，也不信道，我是个儒教，哈哈……故此，我就做我的买卖，一切思想不过问。虽不敢说是“书香门第”，也称得起“自扫门前雪”……家严在世的时候再三地嘱咐我“学好”二字，我不敢说“吾日三省吾身”，可是每天晚上睡在炕上，总要把一天说的做的想一遍，敝人脑子是实在不敢有思想！哈哈……

区　日本人对待你们怎么样？

李　日本人太霸道，首先说话不懂，咱们也摸不清他们的脾气，偶一不慎，就有性命之忧，故此敝人早不想干这甲长了。这回贵军来了，还叫我当下去，我想这是咱们中国人的队伍，虽然还摸不清贵军的脾气，可是言语通达，办事也方便多了，哈哈。

区　嗯，好，你对这地面儿是很熟了。

李　不敢，不敢。

区　咱们来了不少日子，你觉得八路军和民主政府怎么样？

李　好，好，非常之好，纪律严明，秋毫无犯，嘿嘿……尤其是配给这小米，太好啦！

区　不是配给！

李　这说是“赏”的这小米。

区　也不是赏的，是一种救。群众生活困难，在没有适当的工作之前，就应当救济他们。你们甲的穷人眼下不好过的都登记了吗？

李　敝人管辖的这一甲的穷人都登记了，差不多的户都领到粮食了，没领到的也不过三两户了。

区　你们到每一户去调查过吗？

李　用不着到每一户去，贵军没有来的时候，日本人也配给过，谁家怎么样，敝人都很清楚。（小声）区长，这会儿穷人谁家都捡了点儿洋落儿,谁家都够吃半年的。

区　嗯,这样吧,你把这个院子的住户都找来吧。

李　是是!(走到门口,又回来)您注意,这些贱骨头们对他们不要太客气,厉害一点儿,他们才说实话。故此,请您不要听他们的话。

区　好好,你去找他们来吧。(李下,区长在屋内来回走着,移时,群众陆续上)

甲、乙　区长,您来啦。(鞠躬)

区　大家随便坐下吧!不用客气。咱们都是一家人,坐,坐。

李　(上)区长,全来了。

区　这院子就这么三家吗?好像还多似的。

李　有一家没有户口,不算敝甲的!

区　没户口?去,去找他们来吧!

李　是。(向张)去,把那个穷老婆儿叫来!(张应声下,移时,老太婆上)

老　(进门鞠躬不已,颤抖地)区长大老爷,我这没名没姓的也属你们管吗?

区　当然属我们管,你家几口人哪?

李　区长,她不是敝甲的,又没户口。咱们别管,咱们不负这责任!

区　你这样办公就不对,凡是张家口的一个穷人,我们都要管,都要救济。

老　(感动地)老爷,我也能领配给粮吗?

区　我不是老爷,这也不是配给,这是专救济穷人的粮食,你家指着什么过活?

乙　她是我们这院子顶穷的,一家四口,老头子叫日本人给打疯了，全指着她拾点儿破烂儿。这回日本退，她正有病，什么洋落儿也没捡……

老　不是说没有户口的领不上吗？

区　谁告诉你的？啊？（挤眼）

老　（向李）不是你说的吗？

李　（窘）区长，你可别信她胡说八道！

区　好啦！好啦！让我来说几句话吧！

李　听着，让区长给你们讲话，好好听着！

［群众纷纷立起鞠躬。

区　请坐，请坐。乡亲们，因为八年来敌人和汉奸的压迫、剥削，张家口的许多老百姓，生活一天不如一天了。日本鬼子和汉奸，不管老百姓穷不穷，只知道一个劲儿地向老百姓要捐要税。现在，日本鬼子被八路军打跑了，张家口解放了，八路军、共产党和民主政府，知道很多穷苦的老百姓没法过日子，一来就得快给咱们发救济粮，为的是首先使张家口的每个老百姓都有饭吃；以后，再一步一步地改善咱们的生活，大家都过好日子，使每个人都不受别人欺负，使每个人都有事做、都有衣穿！有些坏蛋造谣言，说："别领这个米，领了以后，又出夫又要款，今天要铜，明天要铁！"告诉你们，八路军是老百姓的队伍，八路军不是日本鬼子，八路军是打日本鬼子的，八路军是救咱们穷人的。那些造谣言的坏蛋，不叫咱领小米，他是"棺材铺咬牙——恨咱穷人不死"，有这样的人，就不是好东西，你们就报告出来。（众视李）

李　（咳嗽对众）区长说的好好记住，你们不要怕，这不是日本，也不要款，也不要夫，也不要铜，也不要铁，吃上小米，你们得想法拥护八路军，和八路军协力！要是连这点也办不到，就对不起这小米啦！

甲　六爷、六爷，你怎么又这么说啦？

乙　你不是说……

［李止乙。

甲　六爷，你还是给我挂上吧！

区　（发现有问题）怎么回事？你生活怎么样？你说吧！

甲　（看了李一眼，不敢说）……

区　你说吧！没有什么！

李　我说区长，关于他的情形啊，是这么回事，他不是……

区　让他自己说吧。

李　是是是。

甲　区长，我家三口人，靠我做点儿小买卖，（不断回头看甲长）实在不够吃。

区　（问众）他是这样吗？

乙　是是。（仍回头看李）

区　好。（对乙）你呢？

李　区长，我知道，他的日子我很清楚，你比方说吧……

区　不，还让他自己说吧！

乙　我家五口人，原先都靠我在车站上搬运货挣钱过日子，这会儿没有生意，闲着，上回没敢领……这回不领不行啊，家里没得吃啊！

区　（问李）这两家你给登记过没有？

李　按我本意是给他们挂号，可他们自个儿不乐意挂号……

乙　我跟他一样，都是像您说的，听了“棺材铺咬牙”的话啦。（李怒目视之）

区　这个造谣言的人是谁？把他叫来，（忽发现桌上日本旗）嗯？谁留着日本旗子呢？

甲　（畏惧地）嘿嘿……我，李六爷叫我挂……挂……

李　什么我叫你挂？

甲　挂小旗，我挂错了，又改过来挂那一个……

李　混蛋，我早就叫你们把日本旗子撕了，你们就舍不得撕。区长，罚他钱吧！

乙　我想撕，可是人家说："嘿嘿，留着以后还使唤呢！"

区　谁说叫你留着？你别害怕，说出他来，没关系，我给你做主。

乙　（视李，李窘状，以眉眼怒止之）

区　（问李）你们这个甲里有坏人。他们都不敢报告，怕报告出来，那个坏蛋记仇，是不是？

李　是是！是是！我一定调查，唯命是从……

乙　咱们现在就调查。

李　咱们公事很忙，还是先登记穷人吧。（对众）你们先回去吧。

区　先别回去。往后咱们要实行民主，什么事都是老百姓做主，往后甲长牌长都是由咱们自己推选，甲长牌长犯了错，咱们有权利批评他；有什么坏人造谣言，咱们有权利告他；往后张家口是咱人民的，人民是主人，谁想破坏咱们的好日子都不行，这就叫"民主"。共产党民主政府给老百姓办事，有什么话你就说，不怕！不叫你们领小米的是谁？说八路军坏话的是谁？叫你们留日本旗的是谁？你们大胆地说出来。

李　（凶凶地）说，说说，说呀！

区　　（止之）你先别嚷！大家不要怕，说吧！（众视李，李如坐针毡）

张　　区长老爷，可没有人敢造谣言哪！……

乙　　你知道没有人造谣言哪？我说吧，区长，您给做主，就是我们“李六爷”。六爷，您这可有点儿对不起我们穷人！你亲戚张兴太明明好过，您给挂上号；我们几家穷的，您说要款要夫，把我们吓住，这不对嘛！区长，您做主啦！

老　　区长说我能领米，你说没户口不能领，你想饿死我们一家子吗？

甲　　这个小旗的事，是您说叫留着以后使唤的……

李　　我……我……敝人才疏学浅，百忙之中，不免有所差……差错……还望区长……大人……原谅包涵。

区　　原来这些都是您的鬼把戏！

李　　区长先生，敝人身为甲长，可不敢有额外的思想，我拥护八路军，我欢迎，我赞成。

区　　您像一棵墙头草，东风来往西倒，西风来往东倒，两个旗你都有用。你还没有真正地认识八路军的力量，你心里总还觉得八路军待不长，往后你等着看吧。你是在做官，你不是给老百姓办事。你不知道替老百姓打算，解决老百姓的困难，你还是拿着过去给敌人办事的头脑敷衍一下。你只知道自私自利，有好处先照顾自己，先照顾自己的亲戚、朋友，不为大家着想，这是非常要不得的。没有户口的穷人你不管，我问你穷人为什么没有资格上户口，穷人不上户口，这是敌人不把穷人当人看，要穷人没住处、吃不得吃，这是敌人想把穷人都制死，想不到你今天还是这个脑子。我们就不是这样，我们要使穷人有饭吃，你看着穷人讨厌，瞧不起他们。你变着法不叫他们领粮食，你讲面子，讲私情，光让你自己个儿的亲戚朋友领，往后你这一套办法行不通啦！（群兴奋点头）你们说对不对？

众　　对！对！

区　　李甲长，我说话是实打实的，不会客气，你还有一脑袋坏思想、坏作风，往后你需要好好地改变一下，换上一个为群众办事的头脑，处处要为群众打算，这才是一个办工作的人最起码的条件。你不要忘记了，你过去的所作所为，是背叛国家民族的，今后要改过自新呀，将功赎罪。要改不了，不能真给老百姓办事，群众就会不要你了，群众就要撤你的职。（对众）好，你们大家都重新来登记吧。（给大家发领粮证）

众　　好，好，这才是好官哪！

（《晋察冀日报》1945年10月12日、10月13日连载）

枪

胡可

[女生气地坐在桌旁，用肘支着下巴。

[婿很窘地走过来，站在女的对面。

[女生气地掉过头去。

婿　啧啧啧啧啧！

女　起开！别惹我生气！

婿　你倒是生的哪门子气呢？待会儿叫你爸爸那老家伙听见，又当是咱们俩闹离婚啦！

女　（赌气）离婚就离婚，正不想跟你哪！

婿　（抓脑袋）您倒也说出一个缘故来呀！我是非常地莫名其妙！

女　你自个儿办的事你自个儿知道！

婿　（装作不知）我办的什么事情啊？（转笑脸）算啦算啦，你要什么东西我没给你想法弄呵，你要衣裳料子，有了；你要绸子被面，有啦；你要电熨斗、电炉子，有啦；钱，也有了，大大的，很多；吃的嘛，大米、白面、白糖，够吃好几个月。你不想想，要不是我每天出去活动，还不是过那种穷日子呵！往后，你就是太太，我就是……

女　自然啦，来得容易嘛！

婿　我说，太太，这还不都是为了你？现在一下子平步登天了，一下子过起了舒服日子了，不说好好地享几天福，你倒给我闹起别扭来了，这这这……是何苦呢？咳……

女　（理直气壮地站起来）哼！你天天晚上不沾家门，要不就是后半夜回来，你干什么去啦？你干什么去了？你说！你说！

婿　（窘状）太太……太太……

女　（要哭）我不是太太！反正你就闹不出个好来！要是出了岔子叫我怎么办？

婿　（止之）啧啧啧啧啧！你小声点儿，叫人听见那就不名誉啦！

女　没有不透风的墙，听见就听见！有什么不名誉呢？

婿　对对，您请坐，我告诉您，你别这么大喊大叫的……

女　你倒是说呀！

婿　我天天找朋友，天天上郭祚民郭先生家去，一会儿郭先生就来找我，你不相信可以问他，我们有"公事"，懂不懂？……这你总该放心了吧？……我当是什么，原来是……哈哈哈……

女　（一想）哼！有"公事"？（一想）我问你！那东西哪来的？

婿　你说的是大米、白面、布匹、烟土和那一大包袱票子是不是？……

女　不是！

婿　那你是为什么呢？

女　我是问……我只想问问你，只希望你不要瞒着我，我要你对我说老实话，我真是替你担着心哪！

婿　你别替我担心了，我不会瞒着你！

女　真的？

婿　真的！

女　好，我问你，你的手枪是哪来的？

婿　手枪？你别闹了，我哪有手枪呵？要叫人听见我有手枪还了得吗？

女　真的没有？

婿　当然没有了！

女　那么，你看！这是什么？（从腰里掏出一支闪亮的手枪）

婿　（视之大惊，赶过来）呵！是我的手枪！拿来！

女　（急后退，藏身后）我问你干什么用的？

婿　你管不着！（高声地）拿来！

女　（惊恐地）好哇！你瞒着我去干伤天害理的事。

婿　住嘴！

女　你当我不知道哪！我什么都知道。前天派出所的同志来找你，说你藏着枪，我还说你是个好人，哼！怎么你真干起犯法的事来了，私藏军火……

婿　（两眼暴出，咬牙）住嘴！拿来！（猛扑之，扭转女之臂膀，女呼痛，婿掩其口，夺过手枪）别嚷，你想要我的命吗？——我问你，你怎么敢拿我的枪？

女　昨晚上你后半夜回来，我醒了，我偷偷地看见你擦枪、数子弹。我看你放在柜子底下，我就……

婿　你就拿出来了？

女　啊！

婿　（把枪往桌上一拍）你想怎么样吧？

女　怎么样也不怎么样，我不叫你干这个，我害怕！一会儿交到区公所去吧！等人家再来搜就晚啦！

婿　我问你！别人知道不知道？

女　我跟爸爸说了！

婿　（气得脸发白）什么？你跟他说了？他妈的，你这贱骨头！（打女耳光）告诉你，没有枪，咱们还享不了今天这福哪！享够了福，你想拆我的台吗？

女　（抚着脸，突然一阵悲酸，扑在桌子上哭起来）

婿　别哭！嘘！——你爸爸来了，得，我算倒他妈的霉了！

［门启，父自室外入。

父　噢，又怎么啦？

女　爸爸！爸爸！你知道他干了些什么事啊？（抽泣）

婿　（对女）你住嘴！（对父）我不瞒你说，因为我有一支手枪，她就跟我大哭大闹起来。真没办法！

［女欲言，父止之。

父　珍儿，你别插嘴。狗宝！枪的事，你媳妇业已给我说啦！狗宝！自打你娶了我们珍儿，我可就把你当成我亲儿子看啦！我满心眼儿里盼着你成器学好，我的珍儿能嫁这么个好女婿，我就是死了我也闭上眼啦！……

婿　得得得，您有什么话，您就直截了当地说得啦！

父　（开始有气）狗宝，听我的话，把你那支手枪赶快交给政府，安分守己的人要这个没有用！

婿　（冷笑）我早就料到你就是这句话。

父　你知道那不结啦！咱们好住家的，一定用不着这种东西，万一要是……

婿　（轻蔑地）我知道你们胆小，怕受了连累，得啦、得啦！你们只要给我守一点儿秘密，出了岔子我自个儿负责，还不成嘛！

父　狗宝，你也不是不知道，前儿个区里派出所同志业已来查过一回啦！我原以为这是不靠实的，可谁知道你真有一支手枪呢！

婿　查过，我知道，查过的人家多着哪！

父　　前街刘家、惠源里方家，咱们还不知道哪，人家去一查就查出枪来，人家八路军那消息比你灵！

婿　　那是他们活该倒霉，谁叫他们漏了风呢！

女　　你就听我爸爸一句，把手枪交出去吧，嗯！……这人真拧！

婿　　你少管闲事！

父　　我问你，你留它干什么使唤呢？

婿　　用处大得很，到时候你就知道啦！

父　　这么说，我说话是放屁？你交不交？

婿　　交什么？

父　　交枪！

婿　　噢，你是说，叫我把枪交给派出所是不是？

父　　对了！

婿　　叫我把枪交给他们呀？——我还要缴他们的枪呢！

父　　（激动地）什么？什么？你这说了些什么话？你算个什么东西？共产党、八路军到了张家口，哪一件事不是为了咱们老百姓啊？我们车站上做工的都涨了工钱，组织了工会，家家户户都吃上了白米白面，穷人家还发下了小米来救济，老百姓翻了个身，简直是换了个世界，咱们的腰也直起来了，什么话也敢说了，往年做梦也梦不到啊！你说，八路军哪点对不起咱们？八路军干过一件坏事没有？你说呀！

婿　　你说嘛！我说？

父　　怎么，你不愿意听？我受了八年的罪，今天该说一句公平话啦！这八年什么滋味呀？！打关南逃到这儿来，这么大年纪了，还得天天做苦工，你呢？仗着给日本人跑跑腿，干些伤天害理的事。狗宝！可是你也挨过日本人的打呀！你那血性哪？是谁打跑了日本人的？是八路军嘛！八路军是咱们的救星嘛！

女　爸爸！爸爸！您别跟他生气！

父　狗宝！天地良心，日本人灌过我凉水，罚过我钱，珍儿她弟弟吃不惯黑豆面，泻肚子，鬼子硬说是虎烈拉，用汽车拉到荒郊野外去活活烧死。（父拭泪、女低泣）咱家跟日本人有仇，咱跟八路军是一条心，八路军给咱报了仇，咱不能昧着良心做事！

婿　（无动于衷）得了，得了，我不愿意听。你整天念叨着共产党的好处，共产党不能给你养老送终！我们的人多得很，有枪的主儿也不止我一个，这当然不能跟你宣布。不过，我把话说在前头，你们要多管闲事，往后咱们脱离关系，到受罪的时候别来找我。

女　（担心地）看说得多么吓人！你们的人多得很？"你们"是谁呀？

婿　你先别管，委任状已经下来了，到时候你坐上汽车，当上太太，你就该笑啦！

女　（恍然）呀！我知道，区里同志说到过，什么……"汉奸特务""汉奸特务"的，就是你们吧？

婿　嗯！就是，不不，什么话！我们是正牌的！区里那些人怎么说的？

女　他说呀，你们这伙人专门捣乱治安、打黑枪、造谣言，到处破坏八路军名誉，欺诈民财。怨不得你那东西来得那么容易！

婿　喂喂！当着你的爸爸，我可给你留着面子哪！

父　　狗宝,珍儿说你这些是不是真的?

婿　　(安详地)真的又怎么样?假的又怎么样?

父　　(严厉地)把枪拿出来!

婿　　(不在乎地)你疯了?你想干什么?我看你是她的爸爸,我不好怎么样你!你大概不知道,我们的人已经到了柴沟堡,你听见炮响了吗?你听见炮响了吗?张家口马上就属于我们啦!

[叩门声甚急。

婿　　(命令地)到里间屋去!到里间屋去!(父女入内室,婿出外开门)

[婿引郭先生入。

婿　　我以为是谁呢?郭先生!请坐!

郭　　(四顾)有人没有?

婿　　说吧,没关系!

郭　　(秘密地)糟啦!

婿　　怎么?

郭　　枪呢?

婿　　在这儿!

郭　　拿来给我!

婿　　是是是是……这枪我正使唤着哪!

郭　　我把所有的枪都带走,挪个地方。拿来吧!将来还可以还给你!

婿　　怎么啦?

郭　　怎么啦?搜查的来啦!正往你这儿走哪。

婿　　真的?那咱们今儿的事还办不办呢?

郭　　什么事?

婿　你看你怎么忘了，不就是那个，那个烧那个火药库的事……

郭　年头不同啦，往后错几天吧！咱们"头儿"叫人家给看起来了，怎么你还不知道？

婿　（惊慌地说不出话来）咱们抢的那些东西、那些钱，可都在"头儿"那儿哪，小螃蟹他们呢？

郭　凉锅贴饼子——溜啦！

婿　那他们都知道咱们的事啦？

郭　那！我怎么知道呢？你倒是把枪给我呀！我得快走！

婿　那你得管我，我是你介绍的！

郭　我连自个儿还顾不过来哪！

婿　那……

郭　你别蘑菇啦！快把枪拿来！

婿　（把枪拿出来，一想）我知道！你也想开路，你把我坑了不说，临走还想拐我支枪，没那么容易。什么搜查的来了，你吓唬我，我才不信呢！前面咱们队伍打得那么凶，八路军还顾得了搜查咱们？

郭　你别做大梦了，你想马上咱们的人开进来好做大官，哼！就凭咱们那把子人？咱们的人跟八路军一照面就全"哗啦"啦！这会儿早不知道退到哪儿去啦！

婿　真的？那不是给咱们一下子切断了？这不糟啦！快想个门道吧！

郭　瞧你那个怂样！说话就泄了气了，屎壳郎爬竹竿——到哪节说哪节。先把枪挪个地方，看看风头再说。给我呀！我不像你那么怂！我不溜！

婿　（把枪交给郭）

郭　糟了,我得快走,真草蛋,这么不痛快!(欲走)

[父冲上拦住门。

父　你是干什么的?把枪留下。

郭　你是干什么的?起开!起开!(推父)

[父倒地喊"来人哪",婿抚其口,塞以手帕,女自室内出,惊惧异常。

女　你怎么啦?你怎么啦?

郭　不准他们喊,我走啦!……(下)

婿　(威胁地)一会儿来搜查的,问你们,你们就说没有枪,听见了没有?不然我就不客气了!

[室外声:"不准动,手举起来!"

[枪栓声。

同志　(出现在门口,一支油亮的手枪傲然地把在手里)

婿　(不由自主地举起了手)

[女高兴地把父亲口里的手帕取出,搀起父亲来。

父　(见同志)噢,诸位来得正好!再晚一步那支枪就叫坏人拿走了!

同志　老先生不要害怕,没有你们的事,(向婿)你叫赵望愉吗?

婿　(点头)我……是……是……我是好人……

同志　我们知道你们都是"好人"!你们在东山坡抢过人家十几匹布,你们冒充八路军跟庆丰小铺诈过钱、打黑枪伤害人命,你干了不少"好事"。这些冤枉不冤枉你?

父　狗宝!狗宝!好大胆,你抢东西!你杀人!你这不成了土匪了吗?

婿　这可不是我干的,这是别人编的谣言!我……我……

同志　对对,你不提我倒忘了。你们还编谣言,说八路军长不了。赵望愉，你别以为我们不知道，你们的秘密活动扰乱社会治安，跟那些伪军卖国贼取得联络，图谋不轨，你们是想错了！告诉你！张家口是人民的张家口，八路军有这力量打下张家口，就有这力量保卫它！就有这力量肃清你们这些汉奸特务！把他带起来！（一战士过来拿婿）

婿　　我不是汉奸特务，我不是，是他们支使我干的！

同志　　好，好，把那个带进来！（一战士押郭上）

同志　　（问郭）你上他家来干什么？他是你什么人？……

郭　　你们都知道了，还问什么？但求饶我一命！

婿　　（不由跪下，口吃地）先生！先生！以往我错了，受了他们的利用……我……我求您，您高高手，我这一条命就过去了！我知道贵军的主义是宽大政策，我求您宽……宽……宽……

同志　　起来！起来！不饶，我们是实行宽大政策的，可有些坏家伙不了解我们的宽大政策，以为为非作歹也可以得到宽大，更加明目张胆、胡作非为。告诉你们，对于那些死心塌地、不思悔改而仍然做破坏活动的汉奸特务，只有依法严办，决不姑息，像过去枪毙的贾桂，就是一个很好的例子。只有这样，才能使老百姓心服，才能为民除害，大家才能过好日子。对于那些能够认识过去做错了，愿意改邪归正的人，我们不处罚，我们给他机会，让他自新，决不是随随便便宽大的。二位请跟我走吧！你的那一帮朋友们，一个不少都在我们那里等着你们哪！

郭　　请饶了我们吧！

同志　　废话，请跟我走！

父　　同志！这孩子，任凭你们怎么办吧！这个不争气的混账东西……诸位把他带去，我要早知道他，我就早把他捆起来送去啦！

女　　爸爸！爸爸！

父　　哦！同志，他是有支枪，刚才他（指郭）拿去了！

同志　在这里，从今以后，这支枪就该给老百姓办事啦！走吧！

（幕）

（《晋察冀日报》1945 年 10 月 13 日、10 月 14 日连载）

看看再说

胡朋

时间　1945年中秋节前的一个上午

地点　张家口，某区某住家室内

人物　张老太婆：五十多

媳妇：二十多

儿子（大钉）：二十五六

区工作人员：二十多

[景：有炕，炕上有破箱子、被褥，地下有桌椅等物。

[开幕：张老太婆在翻箱倒柜收拾东西，一面把自己身上的毛衣脱下来。媳妇在一旁收拾零碎东西。眼看婆婆一连脱了三五件，毛衣、绒衣、带袖的、不带袖的，还有日本女人穿的短绸子衣服。

婆　来呀，帮我脱呀！帮我……阿嚏！阿嚏！

媳　妈，您看您都冻着啦，您别脱了，人家不要这衣裳，人家检查军用品哪！

婆　刚才把大钉叫了去，不知又检查什么！说不定什么时候撞进来都拿走了。阿——嚏！

媳　不是，刚才是洋车工会请咱们拉洋车的今儿晚半晌开大会哪！

婆　也许是拔兵哪。

媳　不是，说工会开会减车份、减房租了……对了，妈，您别都包起来。咱们房钱到日子了，留在外头一两件，卖了好交房钱哪！

婆　嗯。别听那些，减这个、减那个的。（偷偷趴在窗上向外看了一下）我活这么大年纪，看见的队伍可不少，就没有一个好的。也许八路军好一点儿。这谁能摸脾气呀？看看再说吧！

媳　看起来挺好。前儿个牌长说登记受难户，领赈济粮哪！

婆　什么赈济粮？

媳　（过来折叠衣服）八路军给穷人发小米，两三口人就是六七十斤，越穷越发得多。

婆　有这事？我这一辈子也没听说过，要说穷，这一条胡同属咱们啦——唉，别忙，看看再说！

媳　我看见周大嫂他们吃啦。焦黄的小米，日本在那会儿，买也买不着哇！

婆　甭说小米啦，买那么点儿红土似的高粱面，等个三天五夜不说，你看看挨那挤，挨那挤、受那冻就别提啦，唉！真是没少受那罪呀，阿嚏！（抹了抹鼻子，擦了擦泪）别是你大嫂她们有门子吧？咱们一个穷拉洋车的谁也不认识，人家平白无故就给了？

媳　听他们说就是给没吃的主儿嘛！牌长说给咱们登记上啦，叫咱们领去哪！

婆　可谁叫他给登记上的？唉！先别忙着领，看看再说吧！你快去拿铁锹挖坑吧！（媳应声下）

婆　（向窗外看，自语）这地方儿倒挺难找！

媳　（上）挖在哪好？

婆　就在桌底下吧！

媳　这一进门就看见啦，还不如院子里好呢！

婆　那么一大院子人，你敢埋呀！

媳　嗯。（动手挖）

声音　张大婶在家吧？

婆　谁呀？（向窗外一瞧）哦！房东啊！（赶快迎出，媳急忙

把东西用被子盖住)

婆　您来取房钱来了？您看屋里挺脏，我也不好让您进屋坐！

声音　甭啦！您这房钱昨儿到的日子。眼时这房钱涨得厉害，咱们老街坊啦，咱们少涨点儿，这月您多掏三十吧！

媳　埃！(继续挖)妈！人家的房钱都往下落，怎么咱们住房还涨这么些呀！

声音　咱们谁跟谁呀！涨还涨了多少？眼下这人口多啦，买卖地儿都开了张，这市面的房子不够住不是？得了，我等着使钱，要不我也不来取，怎么着，我带着吧！(笑声)

婆　哎哟！今儿还是不凑手儿，往前也没短过您房钱，这儿只有六十，您先拿着，剩下的明儿叫大钉给您送去！真对不起您哪，有空来这边歇着。(入)又加了三十，屁股大的一间房，一个月就是一百多！真是住不起！

媳　妈！周大嫂的房钱往下落，怎么咱们倒涨呢？

婆　这一个月光指着拉车这么点儿挣项，就这点儿房钱、水钱、车份就给绞咕光了，三四口人，今冬天我看得喝西北风！

媳　那不成！咱们也得减！

婆　可嚷！看看再说吧！(大钉上)你今儿收车怎么这么早哇！

大　差不多都收了。一会儿洋车工会开会，我惦记着听听，刚才你们要减什么？

婆　吓儿啊！咱们这房租又涨了三十，家里就剩了六十，都拿去了，答应明儿给他送去。

大　没那么便宜的事！谁家房钱都落了，单咱们涨了。还有，车厂老头子也跟我使□招儿哪！他说就照原价九十，不涨不落，老由我拉，听起来倒是挺好。好！我这么一算，一天我比人多交三十，这一年一万多就干过去啦，我没答应他！

媳　（放下铁锨，跑过来）那怎么着，不拉这车吃什么呀？

大　我打算参加洋车工会，他不敢不叫拉。

婆　别忙！看看再说！

媳　“看看再说！”“看看再说！”您就会“看看再说！”

婆　我是怕闹腾闹腾再没你的车拉喽！

大　不会，咱工会提出减车份、减房租，保险有车拉，咱们民主政府给做主，不怕！

婆　工会什么人管着？

大　有周大哥、李大哥……七个人哪！都是拉洋车的选出来的。

媳　我说周大嫂家焦黄的小米粥、白馒头、牛肉丝炒芹菜……怪不得哪！什么都减啦，敢情好过！

大　妈，参加工会有好处，您老是一死不让参加。

婆　阿嚏！你周大嫂他们是这么好过起来的？

大　可不就是嘛！

媳　（高兴地）那咱们这会儿参加还行不？

大　谁知道呀！

婆　怎么？晚了？人家不要哇？

大　我去问问去！（下）

婆　（忽然）光顾说话，连收拾东西也忘啦，阿嚏！大钉在家，也没叫他给挖一会儿！

媳　妈，天快黑了，也许今儿不检查啦。（院子有人声）

婆　（趴在窗上看）来了，来了！来检查了！咱们这东西往哪儿藏啊？（又看）哎呀！来啦！（赶快把小包袱结起来）来啦！我的老天爷，这可怎么好啊！

声音　　张大婶，区里来检查啦！

婆　　（一壁收拾，一壁强笑着）请，请进吧！

［区干部入。

婆　　快搬椅子，拿烟！

区　　别忙活，我不吸烟。（在屋里看了一下）你们家要有枪械子弹、军衣被服什么的……

婆　　哟！可不敢有……快沏茶！

区　　不客气……喂，刨坑干什么？

媳　　（迟迟不能答）

婆　　噢！阿嚏！打算把缸弄进来，天气冷了，怕冻了……

区　　（指坑上衣物）是不是打算埋东西？哈哈，一层包袱皮不怕沤烂了吗？

婆　　（不自然地笑）不是……啊！嘿嘿，阿嚏，这净是些破衣裳烂套子，您看看，要不，您看着好您带着！这是毛衣、两件脏衣裳，您喜欢什么，您自个儿挑吧！（畏惧地守住衣物）

区　　老太太，你把咱们政府看成什么啦？原先日本在这儿，警察队特务们到处欺侮你们，拿你们东西。八路军来啦，是自己人啦，可不能拿应付警察队的办法来应付咱们哪！咱们是为了老百姓的，还能拿老百姓的东西哪？五十万斤小米都发出去了。再说减了房租车份，取消苛捐杂税，成立工会农会，不都是为了咱们受苦的老百姓吗？八路军在前线流血流汗、拼死拼活，不都是为老百姓吗？要没有八路军，你们这会儿还不是受日本人的气吗？你们别怕！八路军不拿你们的东西！

婆　　阿嚏！阿嚏！……

区　　老太太着了凉了！秋天了还穿单褂儿？这毛衣为什么不

穿上呢？快穿上吧，别冻病了！

媳　（笑了）我妈怕……

婆　（拉了媳一下衣角）我怕……我怕……阿嚏！我怕热！

区　你们挖这坑打算干什么？你们别怕，我们检查的是军用品。老百姓的东西，我们不能动。军用品老百姓用不着，叫坏人弄了去还是老百姓吃亏！交给政府呢，可以拿来打敌人、打土匪，保护咱们。

媳　没有那军用品。我们这个坑不瞒您说，是打算埋这包袱的，好容易花钱买了几件衣裳，怕给拿走……

婆　这会儿我可不怕了。

区　我们检查户口，一方面检查军用品，一方面和你们认识认识，了解一下你们的情形，好给你们解决困难，你们家几口人哪？

婆　三口，儿子、媳妇、我。儿子拉车，我们娘儿俩没事做点儿外活儿，贴补着。唉，车份房钱……开销大，不够吃喝！这条胡同属我们家穷了。

区　你们领救济粮了吗？

婆　登记了，没敢去领。

区　为什么呢？

婆　怕拿不起钱，您不知道，日本人在这儿，不是时兴配给吗？配给了就派大款，还不够赔的呢，都派怕了，哪儿敢要呢？

区　咱们自己的政府可没有这一出。对，赶快到抗联会去领吧！

婆　那可好极啦。多亏您说给我们，还有这房钱、车份，我们比谁家都多，能不能减点儿呢？

媳　您费心给我们减点儿吧！

区　你当家的参加工会了吗？

婆　噢！我那会儿心眼儿没转开，没让他参加。

区　让他参加了吧，减车份、减房钱的事向工会一提，就可以减了，主要是靠大家伙儿的力量。

婆　这会儿参加还行吗？

区　怎么不行呢？工会是工人的会，是工人什么时候都可以参加。

媳　那可好啦！

区　好，有工夫再谈吧，我还到那边检查去！

婆　先生，您再坐一会儿！阿嚏！

区　老太太，以后叫我同志呢，可别叫先生！您穿上件衣裳吧！别冻着，我走了。再见，别送。

婆　往后来这边待着，先生……（区干部下）

媳　妈，人家不叫先生！……

婆　瞧这位先生，说话真是入情入理儿的，把坑填了吧！

媳　妈！人家同志说的句句都是咱心里的话。（填坑）

婆　这样的军队我真是没见过，要早知道，也不费这么大的事了。

［大钉背口袋上。

婆、媳　你回来啦？怎么样，参加了没有？阿嚏！

大　参加了。（放下口袋，擦汗）

婆　阿嚏！

大　妈，你冻着了，好好的衣裳你脱它干吗？

婆　我……我……阿嚏，我穿！（穿衣，穿了一件又一件）

媳　妈，您不看看再说啦？

婆　又叫你抓住理儿啦！——你背的那是什么？

大　米。

婆、媳　哪儿弄的？

大　　听我说呀，参加工会啦，开了个会，有拉车的，有车主，有房主，可热闹啦！房钱、车份都减啦，房东说房钱也不涨啦，这六十块钱就够啦！他知道不减也不行，都学机灵啦。车份减了二十，往后，咱拉这车，除非自个儿不租他的车，他才能另租给别人呢！

媳　　啊，这往后日子就好过得多啦！

婆　　这米是配给的呀？

大　　不是，我开完了会，我就跟工会主任周大哥一提，他说："你还没领吗？"我说："我妈不叫我领……"

婆　　你好哇，你到工会去编排我！

大　　您听啊，他就叫我去领，本来区里说天黑了，明儿领，我说明儿我得出车，没工夫，那位同志二话不说就给我领了。

婆　　阿嚏！我活了这么大年纪，可真没见过这么好的官！我真信服八路军了！办的事样样都为老百姓，人家说这都是共产党的主意！赶明儿我非买上点心去谢谢这位共产党共先生不可！

大　　妈，共产党就不是一个人，到处都有共产党，领着咱们过好日子，领咱们穷人翻身。

婆、媳　　那咱们就永远跟着共产党过好日子吧！哈哈哈哈哈哈哈……

（幕）

（《晋察冀日报》1945 年 10 月 14 日）

墙 头 草

韩塞

人物　金先生（甲）：过去给敌人当过伪警，现在仍留在我们派出所里，着伪警制服

乙：同上

店员

管账先生

杨同志：派出所的工作人员

群众：数人

地点　在一个杂货店的门口，一边是柜台，一边是窗子外的街道

［一个着伪警服的，手里提着一包月饼、一包茶叶，从店里走出来。

［一个青年店员，从后面赶出来，拦住伪警。

店员　金先生，您慢走，您的账还没算呢！

金　我不是跟你说了，我身边没带着，明儿再算！

店员　金先生，您的事儿也挺多，哪能记得住这点儿账？明儿您许忘了。您身边不能不带这几个钱！

金　怎么，你信不过我吗？我还会少了你们这点儿月饼茶叶的钱吗？

店员　您说哪里话？金先生，可是小铺子本钱不大，就凭这点儿货还周转不开，要是欠账就更难了！

金　你说得真玄，你们这样的铺子开着门，做着买卖，这点儿账就顶不住？（说完就要走）

店员　金先生，您别走，您还是付款吧！

金　怎么，你们做生意也太死板了，挂这么点儿账就不行吗？

往日我不是常在这儿挂账？这也不是头一回！

店员　往日是往日，这会儿是这会儿，年头儿不同了，金先生！

金　行，我知道你说这话是什么意思。要算账，就算账，你算算吧，多少钱？

店员　（见金有点儿负气，又怕把事弄糟，不得已赔着笑脸）不是别的，金先生，咱们门面太小，赊给您，就不能不赊给别人。您拿了两斤月饼、半斤茶叶。椒盐月饼一斤二百，两斤四百，茶叶一斤四百五，半斤二百二十五，一共六百二十五，给您开个账单吧。（要去开）

金　要账单干什么？价钱卖得太贵，卖给八路军还用这么贵的价钱？

店员　这价钱是最克己的了，您打听打听，哪儿的月饼不是二百三、二百四一斤的。

金　太贵，这两斤月饼一起给二百块钱！这包茶叶，就算是过节我带去喝了。（拿出钞票）你点点看，不错吧？（要走）

店员　不行！不行！金先生，可不能这么算！月饼您要嫌贵，可以去个十块二十块的，哪怕照本儿卖，可是——您给二百块钱太少了，这茶叶，您也得按价算给咱们。

金　这点儿茶叶，何必还这么认真呢？

店员　这不是认真不认真，这茶叶照四百五一斤，半斤二百二十五，已经不赚什么钱了，您要再一个钱不花就拿走，那就未免太亏了咱们了，咱们做门面的也不好往柜上交代……

金　这有什么不好交代的！两斤月饼钱都给了，这半斤茶叶带去喝还不行吗？

店员　实在不行，太亏本了。

金　　有什么不行的呢？八路军喝你半斤茶叶这也不算多呀！这月饼你就是送给八路军吃，也不算什么呀！

店员　　（不满，转身说话）八路军八路军的，你也算是八路！

金　　你说什么？

店员　　金先生，我说您说的话不错，咱们对八路军多贡献点儿不算什么，可是要是买卖家太亏本了，比如您要按一百一斤算月饼价，还得带这包茶叶喝去，那咱们眼看着就赔钱。不瞒您说，这实在是难以交账。金先生，这包茶叶您还是留下来，这两斤月饼您要是看价钱不合适，可以再到别家看看去！随您便！（说话用手去拿那包茶叶）

金　　（触动了自尊心）你怎么这么瞧不起人？你要钱，你还怕我买不起这点儿茶叶吗？你……

店员　　话不是那么说，咱们柜台上的，实在不好交账！

金　　不好交账，你叫掌柜的去找我吧！（要走）

店员　　（大声）金先生！你得付款！八路军！八路军买东西就没有不给钱的！

金　　怎么着呢，你嚷嚷什么，你还能怎么样呢？

店员　　您看，先生来了，您跟先生算这个账吧！

［管账先生上。

先生　　好算好算，什么都好算。（满面笑容）金先生，买了点儿月饼吗？

店员　　他称了两斤月饼，要按一百一斤算价钱，还要把这半斤茶叶带了喝，先生，您说这个账……

先生　　好说好说，怎么都好说，金先生不能亏负咱们，怎么算都行。

金　　我这不是正给你们钱呢吗？这还有什么讲！

先生　不错不错，金先生不是那种人！

金　我说月饼一起给二百块钱，半斤茶叶带去喝了再说，也没说就是一定不给钱呀！

先生　好说好说，多少钱没问题，金先生不能少给。您也知道本店的困难，这一阵子，八路军来了，市面才有点儿起色，人们都打算过个节，买点儿东西，高兴高兴；过去日本人在的时候，咱们这点儿小买卖您也看见了，生活都难以维持，现在呢才算有点儿起色，还希望您多照应，您这点儿月饼茶叶看着办吧，您看着办吧！

金　这样吧，月饼再给你们五十块钱，茶叶，还要我的钱吗？

先生　好说好说，多点儿少点儿没关系，茶叶您还是付了吧，价钱是最便宜的了。

店员　街上告示上写得挺明白，贸易自由，公买公卖，八路军买东西就给钱。

先生　错不了，错不了，金先生随了八路军了，谁也知道。

金　行，那么茶叶先留在这儿，咱们是不白喝你们的茶，反正还有来的时候，还有见面的时候。（负气而出）

先生　不敢不敢，您不坐会儿了？

［两人目送金下。

店员　（提起那留下的茶叶包，一肚子不满意）他妈的，还按着日本人在的时候那个派头儿行事儿呢，说不上三句话就瞪眼珠，买东西总想不给钱，明儿算账，总是明儿算账，一百个明儿，他也不给你算账，从前的账还没算清呢，这会儿还想来这一手！年头儿不同了，吃不开了，这会儿八路军讲的是公买公卖！

先生　哼，要是日本人在的时候，今儿个这事，要像你这么硬，嘴巴子早挨上了,东西也早拿去了,还会多少给你这儿张票子啦?

店员 嘿,我算是看透了这帮子人了。有一回,一个家伙喝得醉醺醺的,跑进来就问我有六〇六没有,杂货店哪有六〇六呢?我说没有,他走上来就是一个嘴巴子,打完了就走,我他妈的到今儿还憋着这口气儿呢!

先生 这不算稀奇,挨打也是常事,我亲眼看见街上那个卖花生的挨了打。那是个小矮子,还留着个头,不知道他叫什么名字,那家伙叫他小孩儿去买花生,买了二两花生,拿了一张一千块的票子叫找,摆小摊的自然找不开了,小孩儿就叫他爹来了。你说,这个警察来了怎么说呀,他说没的找就算了,"明儿算账"。可是卖花生的明明看见他掏了掏腰包,有零票,他存心不给钱,向他要,他直横,说:"你想要这摊摆下去就别找麻烦。"那个卖花生的说:"兔子还不吃窝边草呢!你又何必欺负咱们做买卖的中国人呢!"你猜他怎么着,一脚就把小摊踢翻了,打了两个耳光就开了路了。

店员 顶好不沾边儿,谁沾边儿谁倒霉,办个什么事,不入钱行了?多少得吃你几个钱,上个馆子那算便宜的,他有嗜好,还得来这个。(用手比作抽大烟的样子)

先生 嘿,他们来路多着呢,裕盛隆不是有过这么回事啊?煤油正贵着的时候,这一位先生也不知从哪儿提溜了一桶煤油来了,托裕盛隆代卖,没话说,卖了两千,这位就来取了,可是他偏要四千,你跟他有什么说?照给。(稍停)他有势力,他仗着日本人,穿着老虎皮,你有什么办法?

店员 老虎皮,老虎皮成了驴皮了。从前,挂着洋刀,远远听见豁啷豁啷地响，谁见了不管认识不认识就得哈腰、装笑脸，这会儿我连理都不想理。

先生　你这才是生闲气呢！这都是年轻人血气方刚得过，按我说，这号人咱们还是不能得罪他，能过去的地方，还是得圆通点儿。你想日本人在的时候，他仗着日本人的势力，替日本人办事；八路军来了，他又在了八路军，他又来把八路军巴结好了，还不是一样干？你真要太冒失了，碰着他那痒处，他不管找个什么机会，给你一下，像你我这样儿的，谁也呛不住！

店员　你说那个，他还能怎么样？我说句本心话，像他们这号的，八路军就不该收留他们，人家买个东西，该值多少给多少，说个话规规矩矩、商商量量，说实话，就是卖便宜点儿也舒心。这帮子人呀，八路军来了，还戴着个牛屄式的砍头帽，耀武扬威地跟咱们发横，开口八路、闭口八路，也不知道谁跟他们一路了？我一肚子不服气儿！

先生　那依你该怎么办呢？

店员　依我呀，起码办他个十年八年的。

先生　够了够了，别说了。你看，那边来的不就是那个姓金的？眼看那个胖胖的，那边还站着个八路军。老远的，听不见他们说什么，说不定他就是到这儿来，为了方才那个事儿，不答应咱们呢！

店员　他要来他就来吧，他要真敢怎么样了，我就到派出所报告去。这会儿，他还能打我呀？工会早出了章程了，讲平等，东家待伙计还不兴动打骂，别说他了！（说着两人走进木柜台里间）

［杨同志和两个伪警在街上谈着话，伪警其中之一就是金先生。

杨　　啊，过了这个桥就算南街，不过桥就算北街。

金　　对了，一点儿不错，您走一回就熟。

杨　　我就从这儿回去，我还有事情，你们要没有什么事，也快回去吧。

金　　是是，杨先生，您把这月饼带去吃吧。

杨　　不用，你自己买的你们吃吧。

金　　便宜，您拿着吧。

杨　　不用，买多少钱一斤？

金　　嗯，二百四。

杨　　给了钱了吧？没有我这儿有钱。

金　　给了给了，连价钱都没还。

杨　　是的，这样很好，我们应该特别注意对群众的影响。八路军就是人民的军队，政府是人民的政府，处处都要照顾老百姓的利益，这一点，希望你们在外面很好地注意。

金　　您放心，杨先生，咱们在外面，不能给您添麻烦。

杨　　不，这不是给我个人添不添麻烦的问题，这是我们应该有的纪律。

金　　是的是的，咱们如今不兴那资产阶级派的。

杨　　刚才咱们谈的那个要你们受训去的问题，你们还可以再想一想，愿不愿意，有什么困难，还可以提出来，你有什么意见？

乙　　没有什么，就是这样。

杨　　你呢？

金　　没有问题，我是自愿的，学点儿知识，那再好没有了。咱们中国人就是缺乏知识，要是不缺乏知识，早就出了头了。只要有了知识就行，比方说，叫咱往东，只要知道东在哪儿,那是不会往西的。尤其是训练期间照样儿发饷,这真是太好了,这样就可以一心一意地听讲道了。只要能把家养活了,那还有什么不放心的。不瞒您说,过去咱们在日本人手下干这个,也是生活所逼,暂时维持维持那也是没法子。

杨　好,这些道理,咱们今后从长再谈。我回派出所去。(下)

金与乙　回头见。(日本式的鞠躬)

金　(转身,取烟)抽吧。

乙　抽。(两个人都抽起烟来)快过八月节了,今年这街上到底是不同了,热热闹闹的,不像那日本人在的时候,一个个提心吊胆的,总怕出什么事了,这会儿可以放心大胆地过日子,也有心肠过节了。

金　(不在乎的样子)可不是,反正怎么着也得过日子,天晴得过日子,下雨也得过日子,会过日子的,什么时候也能过好;不会过日子的,什么时候也难过。

乙　你这个话怎么说呢?

金　这话你不明白呀?我说什么都是假的,一个人养家吃饭要紧。能把家口养活了,能混饭吃就算有本事,大丈夫能屈能伸,向人低头不算什么。

乙　你说是说,你老婆孩子养活得怎么样?

金　不赖呀,穿暖了,吃饱了,过八月节吃月饼。这回日本人临走的时候,仗着面子弄了几袋子面、一包白糖;八路军来了,不是又发了两口袋面?小日子比别人过得强。嘿嘿,别的不敢夸口,养家的本事还有一手。老弟,成了家你就知道了,不容易。

乙　(相视一笑)

金　　陪我走一趟吧。

乙　　上哪儿？

金　　这一家。

乙　　干什么呢？

金　　调查调查他家里，不对路，有点儿风声。

乙　　（担心）这可不是往常，你可别随便捞油水……要是弄翻了，人家把咱们过去的事儿，兜一家伙，告一状，那就糟了。

金　　不怕什么！过去的事，过去的事多着呢！过去我查户口，搞过漂亮女人，我栽害过好人，说他在党，（低声）我还毙过人呢！谁知道？不知道的人，这会儿还不是蒙在鼓里？

乙　　我觉着还是小心点儿，你瞧，现在不管是做买卖的、住家的，见了咱们眼神都不好。

金　　见鬼，判官还怕小鬼吗？紧要的是上边儿，只要把上面的口味弄对了，小鬼告状也告不进。

乙　　（不语）

金　　随着走一趟吧，没什么！

［两人都往商店走来。

先生　您来了？

金　　来了。

先生　您是来取那个茶叶包的吗？还是忘了什么东西？

金　　我什么也不是，我是来查户口的。

先生　查户口来了，啊，请二位这边坐，请抽烟。（搬座、送烟）裕生，你把户口簿子拿过来，沏点茶！

［店员把户口簿子拿来。

乙　　你的掌柜的呢？

先生　掌柜的不在家！

乙　他上哪儿去了？

先生　他出去好儿天了，上宣化去了，店里的事，托敝人代管。有什么事，请吩咐吧，都是一样。

金　别的事情倒没有，有那么一点儿小事，现在八路军来了，有人暗藏枪支，也有人拿了军用品，抢了东西，不交出来，这会儿八路军有命令，要搜查搜查……

先生　是的是的，应该应该，您二位尽管调查，本店在这方面，一向是安分守己的，二位尽管调查。

金　那么咱们就搜查搜查。你在外面问问他们，我到里边看看去，（小声）看着点儿外头。

先生　好，请看，请看，请里边看。（掀起门帘与金下，只听见两声玻璃碰碎的声音）

店员　这是怎么回事？一来就是横眉竖眼的！也没八路军跟着，说不上三句话就上里边翻箱倒柜，准是找碴儿来了，我上派出所去找人去。（往外走）

乙　你上哪儿去？

店员　我提点儿水去，先生。

金　（从里屋搬出一架无线电收音机）这个玩意儿，你们从哪儿来的？这是军用品，你们从什么地方弄来的？

先生　这个收音机，我们早就有了，日本人在的时候，早就装上了的。金先生，您不信您看，这门口不是喇叭吗？

金　谁信你这个？我哪一会儿见你们有过收音机了？从来也没见过。你们把军用品藏在家里，还不承认，早就有人报告，你们铺子里私藏军火、私藏枪支了。没话说，现在收音机查出来了，把枪交出来吧！

先生　金先生，您这话，叫人从哪儿说起？咱们店里有这个收音机也不是一年半年的事了，您怎么说咱们私藏军用品呢？

这还不算,还说咱们有枪,这更神话了;咱们做个小买卖,哪儿来的枪呢?金先生,您一定是搜错了人家了。

金　　什么东西!你们还装傻呢!快把枪交出来!还有,我看箱子里头这两匹花洋布,也不像是你们的,这明明是日本人的布,来路一定不对,从什么地方来的?

先生　　金先生,这两匹布是咱们用钱买来的,在沙河滩上买来的,可不是乱来的。

金　　瞎说,不问你是哪儿来的,反正这像是日本人的布,你要它干什么?

先生　　先生您要是想要,您就带着它,不算什么,可是这实在是买来的。这有人可以证明。

金　　我们不管你这个。反正你这个东西是军用品,我问你,你们掌柜的上宣化干什么去了?这里面有鬼,他早也不去,晚也不去,为什么趁这个时候去宣化?他去宣化干什么去了?去会什么人?一定是勾通了什么坏人,你们还替他瞒着,你还不明白你们犯了多么大的罪吗?

先生　　不能不能,金先生,这是天地良心的话。掌柜的上宣化是看他的个表亲,听说宣化现在早就平安了,特地去看他一看,顺便打听打听那边的行情。先生,您尽可以调查这个事情。

金　　这个事可以调查调查,可是这个军用品,证据是都放在这儿啦,你们再没有什么赖的,还有什么快说出来!告诉你,八路军不是好惹的。你们这些人,卖东西随便要价,欺负人,还生怕别人不给钱。难怪你们这么大的胆子,军用品藏在家里,不报出去,你安的什么心,你有心把八路军怎么的呀你!

先生　　金先生,您说的这话,我知道。早上,伙计实在不懂事儿,得罪了您老,跟您顶了两句,他实在是不懂事儿。您看,茶叶包,正放在那儿呢,我正等着您来拿呢,带点儿茶叶回去喝,那是该着的,您千万别记着那件事情。

金　去你妈的吧。我跟你们一般见识,记住这么点儿事儿?这些事儿老子早忘了,我是在乎你那半斤茶叶的人吗?你看花了眼了你!你把眼睁大点儿吧你!你知道不知道,姓金的不是不讲情面,比方说,我要是要你十斤二十斤月饼,你能不给……

先生　知道,金先生,现在您随了八路军了。

金　今儿个就是八路军来调查你的户口来了,你拿他当什么呢?当玩儿的!

先生　这个知道,不敢不敢。

金　知道,你说,你们私藏军用品,该怎么办呢?

先生　金先生,凭良心说话,这实在不是军用品。

金　不是军用品?我说是就是。你们要这收音机、花布干什么的?你还不赶快承认。

先生　金先生,您的意思是……(稍想一想)可是八路军还……

金　你他妈的狗咬吕洞宾,不识好歹。叫你自己开口,你不说,好他妈的,带走!(拿出绳子来放在桌上)

乙　(把金拉过来,悄悄的、很为难的样子)带走?咱们能绑着他带走吗?把他带到哪儿去呢?

金　你真肉头,吓唬吓唬他,叫他瞧瞧厉害就是了。(转身)没说的,跟咱们走吧。

先生　金先生,您还是包涵着点儿,店里没人管账,我离不开身。这点儿小事,您亲自担待一下吧,您看着办吧,这两匹布,您要是喜欢的话,您带上一匹。

金　怎么啦,这一匹(指另一匹布)就不是军用品吗?没说的，绑起来带走。

［正在这时候，店员带着杨同志，从街的那头匆匆地走过来。

杨　就是这儿吗？

店员　就是这儿。麻烦您好好看看，这二位，您认识不认识。（二人进店）

金　（惊讶）敬礼！

乙　（随之敬礼）

杨　啊，你们两个，说是买东西，在这儿买什么呢？

金　没买什么，光在这儿看看，您请坐，这儿都是熟人。（对先生）快泡点儿好茶来，拿烟。

杨　不用，我没有抽烟的习惯，喝茶也太耽误时间了，我们还是抓紧时间，解决问题吧。

金　是的是的，（向店员与先生）你们听见了吧，这一位先生来也是为了解决问题的。（向杨同志）您有什么问题？您请问吧！

杨　（向金与乙）我要问你们几个问题，你们拿着这条绳子，准备干什么的？你们把人家的收音机搬出来，把人家的布拿出来，这是干什么的？你们买东西还用得着绳子吗？你们跑到这个杂货店里来买布买收音机吗？

店员　他们是来调查户口的，先生！

先生　没什么，没什么，他们是……

金　你说，你说我们是来干什么的，不要紧，有什么事情尽管说，说了你就知道这是怎么回事啦。（瞪眼）唔，怕什么？这有什么问题，你们尽管说吧，八路军讲的就是这个开明，讲的就是开明。

杨　好了，你们都站在一边不要说话了。（向先生与店员）有什么事，有什么话，你们放心大胆地说。

先生　（畏缩地笑）嘿嘿，没有什么……调查户口，调查户口。（看看金，又缩回了）

店员　我给先生您说说吧，早上，这一位买了两斤月饼，只给了二百块钱，一包茶叶，硬要拿走，不给钱。月饼拿走了，茶叶没拿走，这位先生挺生气，这不大一会儿的工夫，就来查户口，说咱们藏的有军用品，没讲三句话就砸窗子，翻箱倒柜地搜起来了。

先生　先生，买东西的事不算什么，奉送也是应该的。可是这架收音机实在不是军用品，本店早就有了，花布是在沙河滩上买的，这都可以找见证明。金先生硬说这些东西是抢来的军用品，这实在是冤枉；金先生还说咱们有枪，本店实在是不敢有这种东西；金先生说我们掌柜的上宣化有鬼，可是掌柜的实在是看亲戚去了。这两匹布，不算什么，金先生您要是喜欢，您全带走也没关系。

金　谁要你这个？你别胡说！

杨　好了，这个事情很明白，我先问你们，谁叫你们上这儿来查户口的？这明明是你们假装买东西来敲诈，你刚才不是告诉我月饼付了钱了吗？全是撒谎，他们的花布、收音机，有人可以证明，起码也应该调查调查呀！

店员　先生，您看这绳子，您要不来，早绑上咱们了。

杨　好吧，现在正好需要绳子，把他们两个绑起来。

先生　先生，这一位（指乙）可没怎么样，不敢瞎说。

杨　好，那么把他（指金）绑起来。

乙　是。（绑金）

［这时候店里的学徒、店员、路人都围拢来，互相说着话。

杨　像你这样的就太可恶了，日本人在的时候，你就替日本人做事情，背叛人民，背叛自己的国家民族，做了敌人的走狗，横行霸道，欺侮老百姓，这是一桩很严重很大的罪过。你□自己应该知道，我们八路军跟民主政府，实行宽大政策，并不是不咎既往，那是希望你□摸摸自己的良心，自己觉得惭愧，反省过去的错误，下决心改过，好好地为老百姓办事情。谁知道你□假装着□日的面貌，打着八路军的旗号招摇撞骗，欺诈老百姓！

店员　嘿嘿，真正的八路军就没这样儿的。八路军办事，一不要钱，二不欺压人，遇事讲理。

杨　对了，他说得对。八路军做事，一不要钱，二不欺压人，凡事都讲道理。今后只要遇到不讲理、胡乱要钱的人，立刻就去向派出所报告，对这种知过不改的人，我们是并不宽大的。前些日子，我们不是枪毙了贾桂、赵志兴吗？欺骗我们是不行的，我们要的是甘心愿意为人民办事的人，不是说人话不干人事的人。像这种人，他们以为自己是最聪明不过的人了，能够见风使舵，日本人来了，借着日本人的势力欺压人；我们来了，装着一股可怜相，背过脸去，还是干那一套老勾当！这样一来，不管谁来，他们都照样骑在老百姓的头上，而且自己还以为很有道理，是不得已，是生活所迫，这叫不知羞耻！如果为生活所迫、替敌人做事情就没有错的话，那么全中国人都这么来一下，中国岂不是早亡在日本人手里了吗？那么那些在监牢里、在战场上受冻挨饿、拼死拼活、坚决抗日的人们，不都成了傻瓜了吗？幸亏不是这样，正因为像这样的“聪明人”究竟占少数，像这样的墙头草，只要自己还在墙头上长着，不管哪一边来的风都一样的人们，究竟占少数，大多数都是坚决抗日、替老百姓办事的，所以中国才有了今天，墙头草是当不得的。我们不是听说话看表面，是要看他的脑筋，要看行动，我们欢迎那种知过就改、坚决为老百姓办事的人。如果自己当了墙头草，还想在那儿摇摇摆摆的话，那么我们可以把它连根都拔起来，每一个老百姓都有权利来监督这些墙头草！

众　（笑）哈哈！您说得真对，说到咱心里头去了。

杨　好了，现在，你把他带回去。（带金下）掌柜的，很对不起你，往后要是还有像这样的事，希望随时报告。这包月饼，先放在这儿，弄清楚了再算。你们的东西，只要有人可以证明，那是没有问题的。打破了的玻璃值多少钱，随后一道赔你。

先生　哪里话哪里话，实在是感激不尽，这月饼您带去吃吧！

店员　（拉了先生一把）你看你，不懂事，谁要你的！

先生　坐一会儿，喝点儿水抽颗烟吧！

杨　不，我没有抽烟的习惯，我还有事情。（说着走出，先生等人在店里面还比比画画地说）

乙　（见人们都指指画画地说，很窘地跑到杨面前）先生，我们这身衣裳，什么时候换呀？穿着它，实在不方便。

杨　换衣裳，还不太着急，我看现在还是先换脑筋吧！

乙　脑筋自然是……可是这衣裳……

（幕）

（《晋察冀日报》1945 年 10 月 15 日、10 月 16 日、10 月 17 日连载）

觉悟的青年

新华铁工厂工友 田百高

第一幕

[开幕:两名八路军在村子里正向前走,碰见一农夫。

八路军　喂!老乡!你们村长在哪儿住?

农夫　走!我领你们找去。(三个人一块走到村长门前)

农夫　这就是村长的家。

八路军　噢!劳驾劳驾。

农夫　不劳驾不劳驾。(于是农夫就走了)

八路军　(向前叩门)

村长　谁呀?

八路军　我!

村长　(把门开了)噢!二位里面请!

村长　请坐请坐,二位到这儿有什么事吗?

八路军　没什么事,听说近几个月这村子里贫民很多,现在我们八路军援助贫民一些粮食,托村长告诉他们到太平村取云。您多费心调查一下。

村长　您太客气啦。

八路军　再见吧,再见吧。

村长　再见再见。

村长　(找到王老太太的家中,叩门)

媳　谁呀?

村长　我是村长。

媳　(把门开了)啊!是村长,请屋里坐。

村长	不不,好啦好啦,现在八路军哪,援助咱们一些粮食,现在你们就可以到太平村去取。
媳	噢,是是,您进来坐坐。
村长	没什么,没什么。再见,再见。
媳	再见,再见。
婆	刚才外面是谁呀?
媳	是村长,村长来告诉咱们现在八路军又援助咱们粮食啦,叫咱们现在到太平村去取。
婆	去吧!(拿着面袋)咱娘儿俩一块去。

第二幕

[开幕:两位八路军在太平村守着粮食等待人来取。

婆、媳	(娘儿俩一块到八路军面前领粮食)
八路军	王老太太,您多大岁数啦?
婆	我今年五十六岁啦,同志!
八路军	王老太太您怎么到这里来的?
婆	我们在老家受日本人的压迫,受汉奸们的辖治,才迁移到这村子里来。我们受你们的援助,感觉生活比老家强多了。
八路军	你们将粮食拿回去好好地生产、做工、度日,我们八路军是永久帮助你们的,我们八路军是解放人民的。
婆	你说的我们已明白了,再见,再见。
八路军	再见,再见。
媳	妈!您看八路军真是为了贫苦人民谋幸福的。

第三幕

[开幕:婆媳二人背着粮食回家,路上碰到抢粮食的通译,通译认

出婆是母亲，低了头。

通译　妈妈！

婆　我当是谁？原来是你呀，你不用叫我妈妈，我没有你这样的儿子。（过去就给一个耳光子）

村长　（悔恨之下良心发现，掏出手枪要自尽）

媳　（赶紧把他的手抱住说）你醒悟了吗？你这样“牺牲”，为何不去投八路军，和八路军一块把日本鬼子打倒？那时候牺牲也是光荣的呀。

村长　（立起来说）决定去投八路军，去和日本鬼子拼了。

日本人　（由外面进来）

村长　（拿枪把两个日本人打死了，这时候由外面进来两个八路军全拿着手枪）

婆　啊！这不是同志吗？请坐。

八路军　怎么回事？

婆　这是我的儿子，这几年他给日本人当通译官，做了许多坏事。他现在改过自新了，你看，刚把那日本人打死了。

八路军　知过必改的人，我们是非常欢迎。你愿意参加八路军吗？

村长　那太好了，那真是我求之不得的。

八路军　太客气了，同志。

村长　妈！现在我就和同志走向光明的道路。

（《晋察冀日报》1945 年 12 月 25 日）

拜 新 年

——春节文化娱乐材料

韫

人物　男女儿童数人

老头

老婆

青壮年

妇女

工作人员等数人

抗属

［老头、老婆、妇女各一人，扭秧歌上。

［开始锣鼓喧天，儿童能打霸王鞭更好，观众若不多时，队伍分开扭着唱《庆新年》。可以利用旧的民间小调。

一

庆新年，乐新年，
我给抗属来拜年；
八路军在前线，
流血流汗为了咱。

二

庆新年，乐新年，
八路军苦战在前线；
保卫民主自由幸福，

争取和平为了咱。

三

庆新年,乐新年,

八路军来解放咱;

减租减息增加工资,

咱们的生活大改善。

四

庆新年,乐新年,

八路军的好处说不完;

咱们拥护八路军,

我给抗属来拜年。

[唱完,大家扭成半圆圈。

男儿童 (跳在中央数快板)

新年乐,乐新年,

大家庆祝胜利年。

["跳加官"锣鼓点过门,跳回原位。

女儿童 (跳在中央数快板)

闹烘火,新衣穿,

锣鼓又喧天。

[锣鼓过门跳回原位。

老头 今年不比往一年,

听我老汉说一番;

八路军解放张家口,

咱们百姓把身翻。

[锣鼓过门大家扭圆圈。

老头　可恨那国民党反动派，
又想打内战；
进攻解放区，
飞机到处扔炸弹；
放毒气，杀百姓，
黎民百姓他不管！（愤怒地）
劳苦功高的八路军，
英勇杀敌八年整；
为了实现和平、民主与团结，
为了保卫人民的胜利果实来斗争，
处处为百姓！

众　处处为百姓，为百姓！

[锣鼓过门大家转一个圆圈。

老婆　（快板）
提起往年泪不干，
吃没吃，穿没穿，
野地庙台把身安；
见不着米，看不见面，
连点儿肉汤也别想见。
（跳出对快板）
今年可把身翻，
猪肉大米又白面，
肉丸饺子不稀罕，
又蒸糕又发面，
今年好好过个年。

青壮年　（快板）

这些好处谁给咱？

要不是劳苦功高的八路军，

咱们哪能有今天？

［场子的另一面上来，甲、乙政府工作人员。

甲、乙　急急走，快快赶，

三步当作两步窜，

赶早向抗属去拜年。（围场绕一周）

甲　一袋子米。

乙　一袋子面。

甲、乙　抗属家里走一番，

八路军前方英勇去抗战，

后方抗属咱们照顾理当然；

见了抗属先拜年，

再把道理讲一遍。

［向大家招手，嘿！嘿！慢点儿走，咱们一块儿去拜年。

［全体绕圈扭。

甲、乙　（敲门）大婶，政府给你送米来了。

抗属　（老头、老婆、妇女、儿童）哎呀，政府想得真周全，处处想着咱。（开门）

众　（白）给你拜年来啦！

儿童　（快板）

光荣匾，门前挂，

抗属的功劳大，

人人见了人人夸！（大家鼓掌）

［大家一拥而上，有的戴花，有的拜年，抗属满身红花。

儿童　（快板）

大红花，胸前插，

八路军的功劳大，

光荣的抗属来戴红花！

众　光荣抗属来戴红花！（众高兴欢笑）

抗属　（高兴地）我老婆，我老汉，

哪辈子修下的福，

敢劳大家来拜年，

我可不敢担，我可不敢担！

众　说什么不敢担，

你小子在前线，

为国为民流血汗，

光荣抗属人人赞。

甲、乙　老太太、好老汉，

有什么困难只管谈，

政府来照管，来照管！

老头　没困难，没困难，

我老汉心里好喜欢！

老婆　又送米，又送面，

还有优抗券，

吃的用的按本算；

要想做买卖，

借给你本钱；

吃水按八折，

初一看戏不要钱，

这事真稀罕，真稀罕！

妇女 没困难，没困难，
给小子爹，捎个信，
家里事别惦念，
他在前方勇敢去作战；
我在后方加油来生产，
做卖鞋，做针线，
我的生活不困难，
街坊四邻帮助咱，
还有政府照顾得更周全。

老头、老婆 对对，给我小子捎个信，
前方好好去作战。
大家好过太平年！

抗属 大家好过太平年！

[齐唱前四段《庆新年》。

五

庆新年，庆新年，
大家庆祝胜利年，
军民合作，
和平民主团结的
中国好实现！

[众扭秧歌，极尽欢欣鼓舞。

（《晋察冀日报》1946年1月15日）

王大妈参选

联大文艺学院戏剧系 集体创作

日期　一九四六年四月张家口选举参议员的前几天

地点　张家口市

人物　王大妈

王老汉

媳妇

凤姑娘

妇联主任

第一场

[西皮过门后台奏曲一时他□□家□

[媳妇、凤姑娘上。

凤、媳　（合唱曲一）

（一）

一路走来好喜欢，

识字完毕回家转；

张家口人民翻了身，

丰衣足食不受难。

（二）

有吃有穿还不算，

国家的事情我们也管；

□□做了主人，

参议员进行大市选。

（三）

识字班上讲得好，
给我们的任务要完成；
叫我们回家去宣传，
选举个好人办事情。

媳　（白）大妹子，现在张家口要开大市选了。咱们识字班上也学习这件事情，识字班给咱们个任务，叫我们回家去宣传宣传。可是我现在一想，别人倒好说，我那个婆婆可够难办的。拿她那个脾气、那个死心眼儿劲儿吧，我要是跟她说了，她说不定又骂我什么哪！

凤　准的！我干妈的脾气真是太火暴，就说上次你入识字班吧，那是跟她说了多少好话，她才答应啊！

媳　上识字班，还不是多亏了你说动她才答应了。这回叫我跟她宣传选举的事，我可不敢说，再说我也不知道应该怎么说啊！

凤　你看你！真没出息。现在哪儿不是闹着选举呀！我们工厂里就天天开会讨论着。识字班班长不是刚才□□过了吗？（唱曲一）

（一）

不分男的和女的，
工人农人都可以；
只要为人民办事情，
我们就可以选举他。

（二）

不分文化高与低，
不分担水拾粪的，

…………

媳　(怠懒)得了,得了！这么多,我哪儿记得住啊？还是你去跟你干妈说吧！我可不敢去说。

凤　(不耐烦地)瞧你害怕劲儿,八路军没来的时候,挨打挨骂受婆婆的气,那好像是应该的。现在咱们妇女解放了,也翻了身了,她要再打你,你应该跟她说理,凭什么怕她？

媳　(逗趣)哼！敢是你不怕,你甭嘴尖,明儿个把你嫁给个厉害婆婆,看你还说嘴不！

凤　(羞气)好哇！跟你说正经的嘛,你倒拿人取笑,那我更不□你去了。(气愤地走开)

媳　(忙着拦回来)别走！别走！我的好妹妹！气可不小,我跟你闹着玩哪！(唱曲一)

宣传任务是大家的,
妹妹你别生气,
劝好婆婆投一票,
咱们的任务完成了！

(白)好妹妹别生气了！这是咱们大家的事,就跟我走一趟吧！

凤　(娇羞地)本来我也打算去嘛,可是你拿人开玩笑,你就能欺侮我,有这本领跟你婆婆使去呀！

媳　别挖苦我了。我已经认错了还不行吗？好妹妹,去一趟吧！(凤点头笑诺)要跟你干妈把陈同志的话都讲完全啦！

凤　可是嫂子,这是咱两个人的事啊！你不能全推在我身上,我说,你劝,那才成哪！

媳　好！那么咱们快走吧！

[合唱曲一：

选好人来办好事，

不让坏蛋把了权，

急急忙忙回家转，

我们回家去宣传。

第二场

[王大妈上。

妈 （快板）

这年头，大改变，

奇奇怪怪都出现。

自从来了八路军，

生活倒是改了善。

唉！就是年轻的儿媳妇太捣蛋，

不是参加妇联会，

就是参加识字班。

整天拿着个识字本，

嘟嘟囔囔把字念。

我的儿子不在家，

她这里，东街西街满处串。

要是有了长和短，

叫我怎么办！

天到这般晚，

还不见她回家转来回家转！

（白）我王婆子，生来就命苦，嫁了个穷木匠，生了个儿子叫狗儿。一辈子不得吃不得穿的，好容易八路军来了，把日本鬼子赶走了，穷人都翻了身。狗儿他爹工钱涨了，狗儿也在宣化矿上做了工，给狗儿娶了个媳妇。按理说，有媳妇伺候着，我应该享点儿福了。唉！这是命呀！没有那个享福的命，自从她吵吵闹闹地上了识字班，在家里把活一做完就没影儿啦！这会儿，天这么晚啦，还不见回来！真把我气死！等今儿她回来，我非好好管教她不可！唉！（气愤地补着袜子）

第三场

媳、凤　（愉快地上，合唱曲一）

急急忙忙回家转，

回到家里去宣传；

又说又笑多高兴，

不知不觉到门前。

媳　大妹妹，说着说着到了，你快进去，进去！你替我说，替我说啊！（慌忙地推着凤）

凤　瞧你这怕劲儿！我进去就是了。（凤进屋内，媳怯怯地跟在后边）

凤　（天真地）干妈！

妈　（见凤疼爱地）啊！是你呀！凤儿！（看见后面的媳又生气地回过头去）

媳　（小心地找话说）妈！爹回来了吗？晚上做什么饭呀？

妈　（斜视一眼，恨恨地）你还知道做饭□！（继续□补袜子）

媳　（温和地）妈！给我吧，我来补。

妈　（不耐烦地）去吧！天都这么晚了，你爹快回来了，还不做饭去！

[媳向凤使眼色后下。

妈　凤儿！你知道你嫂子今天上哪儿去了吗？

凤　干妈！她还能上哪儿去？上识字班吧！看你天天问这个干吗？她还能学坏了哇？

妈　学坏学不坏，我就不愿意她天天往外跑。

凤　干妈！你别那么死脑筋了！现在谁家的年轻妇女，不是识字、做工作？这几天是因为闹着选举，她才回来得晚一点儿。

妈　什么选举呀？你们今儿个开会，明儿个开会，今儿个识字，明儿个选举，你们的事就没个完！

凤　（唱曲一）

叫声干妈你不知道，

选举闹得可热闹；

这事不同别的事，

你也应该投一票。

妈　选举？选谁的举呀？（唱曲二）

丫头你听我说，

女人要守本分；

选举投票，

闹出乱子那可受不了！

凤　干妈！年头变了，闹出乱子？哪来的乱子？现在街上家家户户、男的女的、穷的富的，谁家不闹选举呀？

妈　死丫头！你也来这一套，跟谁学的？又是你们识字班教的，一个女人家好好过日子就得了吧！选什么市长、什么员的？这些我都不懂！（稍停想起来）凤儿！是谁叫你来跟我说的，是不是那个该死的媳妇？（指屋内）

凤　（撒娇地）干妈，我嫂子哪一点不好啦？你又这么骂她。可是啊，她天天去识字，这也是件好事情呀！再说家里的活，嫂子哪样不是干完了才走的？这样的儿媳妇你还嫌不好？哼！我看你打着灯笼也难找哇！

妈　（想了想）不用说了！准是你俩在背地叽咕我来着！

凤　你别又疑神疑鬼，谁说你了？

妈　不行！我得叫出那该死的问问！

凤　（着急地）没有，干妈！你别又怪人家。

妈　什么没有？我非叫她出来问问！死媳妇！还不给我滚出来！（媳上，用衣襟擦着手）

媳　妈……

妈　（唱曲二）

死媳妇！理不当！

背地里不该把我来讲，

你是什么心肠？

凤　干妈，你怎么了？平白无故找寻我嫂子，她背地里什么也没说，我刚才跟你说的是选举的事……

妈　（对凤）没你的话！（对媳）你说！我哪一点待你不好？你背地里说我，你说呀！你死啦？唉！瞧你这样！（唱曲二）

开会识字，

一天闹到晚！

选举的事，

你还想把我来管？

媳　妈。（唱曲一）

选举的事情真重要，

咱们不能马虎掉；

选举好人办好事，

我劝婆婆把气消。

妈　(大怒)哼！我猜就是你的主意嘛！叫凤丫头跟我说就成了？不选，不选，就不选！一百个不选！你敢管起我来了？我什么不比你知道得多？哼！我当媳妇的时候，还敢顶嘴？瞧你还有大有小吗？

凤　(解围)干妈，别说了。

妈　你们甭理我！都给我滚一边去！(凤同媳无奈地站在一边，妈坐在凳上生气)

第四场

[老汉上场，手拿锯一把。

汉　(唱曲二)

(一)

离开了工会回家转，

张家口解放，

穷人个个把身翻。

(二)

咱们的政府有号召，

民主选举，

市长、参议员、国大代表。

(快板)我老汉，本姓王，

木匠手艺做得强。

做□柜，做板床，

又打门□，又做窗；

每天赚个边币千八百，
吃的穿的用的，
一天倒比一天强。
我老汉活了五十多，
日子从来没有这样顺心过来，顺心过。
想当年，受煎熬，
日本鬼子欺压咱。
一天忙到晚，
手脚没有空闲；
还是不够吃来，不够穿，
风吹雨打受饥寒。
孩子哭着要馍馍，
老婆饿得哭丧着脸，
我老汉，真是没少遭难来，没少遭难。

到如今，不同前，
八路军来了救了咱，
穷人一下把身翻。
现在的日子好过了，
政府提倡民主大市选，
国家大事由咱老百姓来管，
不能白白地放过去，
我一定要把那好人选，
叫他替咱百姓把事情办来，事情办。
就是我那个老婆太糊涂，
什么事情她也不愿意叫我管，

今天恐怕又要跟我捣麻烦，

等我回去好好地把她劝一劝来，劝一劝。

［老汉进房中。

凤　　干爹回来了，你跟干妈说一说吧。嫂子回家来劝干妈选举，干妈把她骂了一顿，说选举没用，你说选举有用没有用？

汉　　（劝说）动不动你就发脾气，你又嫌日子过得太好了是不？有什么大不了的事，你又骂媳妇？再说那选举也是件好事啊，是政府给咱老百姓的权利嘛！

凤　　是啊！刚才咱把这些道理都跟干妈说了！她一个劲儿地不听，还说什么，不选，不选，我就是不选。

妈　　（不耐烦地）你们要选，你们自己去选去！不用管我！

汉　　唉！你呀！（唱曲二）

选举的机会，

不能错过，

选出好人，

替咱百姓把话说。

妈　　（唱曲二）

听你说，气死我！

我看你还是歇歇心来，

别管这么多！

汉　　（唱曲二）

要光景过得好，

选举别忽略，

选举好政府，

百姓的生活有了靠山。

凤、媳 （合唱曲一）

叫声干妈（婆婆）别糊涂，

过好日子靠政府；

你要好好想一想，

爹爹说的是实情。

妈 （唱曲二）

我看八路军，

在这儿长不了，

万一闹出大事来，

那可怎么着！

汉 （唱曲二）

八路军，是咱救命星，

你怎么胡言乱语不通人情？

（白，耐心劝解）你真是不懂事，过这么两天好日子就忘了本了，八路军要不在这儿，你的日子能有今天？

妈 （不服气）这是命，命要不好谁来也不成。

凤 命？日本人在这儿，你命多好？穷人不也是挨打受气，吃不上穿不上的。八路军来了，连街上要饭的花子，八路军都借给他们钱，叫他们做小买卖哪！

妈 这些事，我都知道，用不着你们跟我说，我有我的主意。

汉 （无可奈何）好！他妈的，你有你的主意，咱们跟你说你不听。（向凤）凤儿，去叫妇联会主任来跟她讲讲！

凤 好，我去。（凤急跑下）

妈 （追赶）凤儿！回来！不许去！

媳 （安慰地）妈！（王大妈不理）你老人家想开点儿吧，政府领导得好，咱们的日子才能过得好啊！

汉　孩子，咱们甭给她讲，咱们的话她都不信，当了耳旁风，等妇联会主任来跟她一说，她就懂了。（老汉蹲在一旁抽烟，媳站在王大妈旁）

第五场

［凤同妇联会主任上场。

妇　（唱曲一）

听说王家闹事情，

选举事情闹不清，

我跟凤儿去看看，

耐心说服把她劝。

凤　（走到门口）到了！（凤跑进房中）干爹，主任来了。

汉　（迎出门去）主任来了，请吧！（主任同老汉进房中）

汉　请坐吧。（向媳）快搬个凳子！

妇　不要客气，不要客气。

汉　（向媳）孩子！去弄点儿水来，给主任喝。（媳下）主任！俗话说得好："家丑不可外扬。"咱们家可好，一有事就请主任来，真没少麻烦你呀！

妇　哪儿的话？王大叔，你家的事就跟我家的事一样嘛，提什么麻烦不麻烦。（稍停对大妈）王大妈！你怎么了？

妈　……主任，你不知道啊！

（唱曲二）

俺家过不了，

老小都跟我吵，

（指媳）活儿不愿做，

一天到晚满街跑。

（白）主任哪！咱过个日子，没办法，老的吧，也想法跟我找气生。（呜咽）

汉　主任，你别听她编卦。（向大妈）这个老东西，你人前一面人后又一面，就不是那么回事。（向主任）不是街面上正闹着选举吗？我跟孩子们回来，跟她说，叫她也投一票，她死也不听，死脑筋，顽固着哪！主任，你给她讲讲，叫她也明白明白。

妇　（唱曲一）

王大妈，你坐下，
听我跟你说分明，
选举事情可重要，
自己的事情莫扔掉。

（白）这选举可是件大事啊！王大妈，您活这么大年纪，您听说过有老百姓自己选出人到政府里去办事的？在旧社会里，老百姓受着压迫，受苦受难，吃不上、穿不上的，真是有苦没处诉，有话没处说。这会儿，共产党八路军流血牺牲，解放了张家口，这是他们给咱们老百姓争来的权利呀！

汉　（回忆地）再早那狗腿衙役欺侮咱老百姓，就不用说了，就拿日本人在这儿吧，他们死了个什么官，修了个塔，老百姓过来过去都要鞠躬，不鞠躬，不是打，就叫你跪着。唉！受的这气这罪就没法提了。

妇　现在可不同了，老百姓自己来选举政府，选出好人来替咱们自己办事情，以后再没有压迫百姓的官府衙门，只有民主的政府，这还不好吗？大妈！您愿意再过以前那样受苦受气的日子吗？

妈　主任，看你说的，我当然愿意把日子过好啦。

妇　是嘛！谁愿意受旧社会那样的苦哩？再说，从前旧社会里，我们妇女，只能关在家里，生儿养女，烧水做饭，哪还听说过能参加选举，管理国家大事呢？现在解放了，妇女也有了说话的权利、管理国家大事的权利了，这是几千年来没有过的事啊！大妈！您看，人家何大妈不是当了主席了吗？您为什么要放弃这次选举的权利呢？

妈　主任不是这么说，他们跟我说那选举，不是我不选，你看我土埋半截儿了，又不识字，谁也不认识，叫我选谁呀！

妇　（唱曲一）

叫声大妈听我言，
年纪大了也能选，
邻舍背家你相信谁，
选他替咱办事情。

凤　不识字也不要紧啊！（媳端水上，递主任）我和嫂子来替你写，人家何大妈也不识字，还能当主席呢！

妇　对了，不识字，年纪大了，都不要紧。

汉　这全都是赖词，刚才你怎么不这么说？

妈　你管我的？我不愿意跟你们说。

汉　（稍怒）我单要管你，一辈子，我什么事情都依着你，都把你惯坏了，这回我就不能依着你□。

妈　（喊叫）你就管不了，你就管不了……

汉　（大怒）我管不了？看我把你……（欲打大妈，被主任、凤、媳拦回）

妇　老两口子，别吵了。

媳、凤　（同时）妈！干爹！

汉　　他妈的，要不是八路军来了，不许打老婆，我今儿个非管教管教你不可。

妈　　（大声喊叫）你打吧！你打吧！我和你拼了！（大哭坐在地下）

（哭唱曲二，对主任）

你可看见了，

就这么跟我吵，

我们这日子，

可真过不了……（哭声）

［老汉气得蹲在一旁。

妇　　（劝解）王大妈，先别哭了，王大叔，也消消气，您老都这么大年纪了，儿子、媳妇都这么大了，有什么事，好好地商量着说嘛！（将大妈扶起坐凳上）

汉　　（对主任解释）主任，我什么事，也没跟她着过这么大的急呀！

（唱曲二）

刚才他骂媳，

又来跟我吵，

我忍着性子，

把她来劝导，

她越来越胡闹！

（白）方才她越说越不像话，说什么八路军在这儿待不长，你说她气人不气人啊？

妈　　（对老汉）我跟你吵！我跟你吵是为了什么？（对主任）我是说刚过了两天好日子，怕选出事情来。

妇　　（唱曲一）

王大妈你要明白，

八路军与老百姓分不开，

咱们好比亲骨肉，

他们永远不会走。

（白）王大妈！八路军跟老百姓是分不开的，他们不会走的，你放心吧！你不是要过好日子吗？那好日子不是天上掉下来的，是共产党、八路军、老百姓自己争取来的。替咱老百姓清算了多少坏的甲牌长？大汉奸于品卿也枪毙了，现在是民主生活了，民主政府要把咱们张家口老百姓的日子弄得更好，才叫老百姓自己来选举政府。你不是要过好日子吗？那你就应该参加选举，选一个能替你说话的人啊！你还怕什么呢？

妈　不是我说八路军不好，我是怕八路军走了。主任，你是个明白人，这年头，人心隔肚皮，你知道谁好谁坏呀？

妇　刚才我说过了，八路军是不会走的。至于选举什么人呢！

（唱曲一）

只要你看他好，

办事公平又周到，

细心耐烦为人民，

工人农人都可以。

（白）不论穷富，识字不识字，只要能管老百姓，办好事情，那可以选他。

妈　（犹疑地）照你这么说，这选举得怎么个选法呢？

［外喊："三兴福！信！"凤听见急忙跑下，老汉也跟着跑出去，凤拿信回。

汉　（问）凤儿，谁的信啊？

凤　干爹，是俺干哥由宣化来的信！（将信交老汉，老汉同凤到房中）

汉　（喜悦）狗儿来信了，快拆开叫主任念念。（主任接信想了想）

妇　叫我念干吗？你家媳妇都识了字，叫你家媳妇念吧！

媳　（害羞地）主任念吧！我不……（推辞）

凤　（逗趣）念吧！干哥哥来的信，你不念谁给你念啊！（大家都笑了）

妇　你念吧！（媳接信欲念，又犹疑）

妈　念吧！

汉　听着！（大家注意媳念信）

媳　（念信）爸！妈！一个多月没有去信，你们的身体都好吗？我很快乐，还有还有……

汉　还有什么？

妈　念啊。

凤　（看信）念？念什么啊！是我哥问嫂子好哪！（大家都笑起来）

汉　行了，行了，往下念吧！

媳　（念信）今托刘常有大伯带家边，边什么？

凤　边币！

媳　带家边币一万五千元。

妈　（惊喜问）一万五千元？

汉　（问）托谁给带来的？

媳　写着刘常有。

汉　刘常有？

妈　对，就是后街刘大伯，他去宣化了。（和蔼地）念吧。

媳　（继续念信）带家边币一万五千元，一二日即可送到，请查收来信为，为……

凤　为盼。

媳　再者，在宣化的民主选举，非常热闹，我们工厂选我当候选人！

汉　（惊喜）什么？候选人？

妈　（高兴地问）狗儿当官了？

凤　干妈，候选人，不是官，就是咱们这回要选举的那个，那个……（说不清）

妇　候选人是由大伙儿里挑出来的好人，这选不是当选，要当选，还得由好人里挑出来顶好的人哪。

妈　哟！可不易！念！念吧！

汉　再往下念。

媳　工厂选我为候选人，我非常高兴，我要被选上，一定在工作上更要努力，请不要惦记，专此敬听福安。（信念完）没有了！

凤　（将信接过来）还有"儿狗儿叩"。（全家欢笑）

妇　王大妈，你媳妇都能念信了，你也知道识字的好处了吧？

凤　嫂子，你可痛快了，你进步，人家比你还进步，都当了候选人了。

妈　（自言自语）唉！我真没想到。（唱曲二）

狗儿寄来了，

一万五千元，

以后的日子吃的穿的更不难。

汉　（唱曲二）

寄钱还不算，

狗儿当了选，

孩子们进步，

我老汉心里更喜欢。

妈　狗儿这孩子也不识几个字，怎么也叫人家选上了？我总以为做官嘛，咳！不是官，是，是什么员？

凤、媳、妇、汉　（同时）市参议员！

妈　啊！市参议员，我总以为公家的事，是当官的来管的，哪儿知道真的老百姓也能管了，这么说来，老百姓是真的可以到政府里去说话、做事了。

妇　就是嘛！我刚才不是跟你说了嘛！不论穷富，识字不识字，只要肯为老百姓办事，办事公平周到，就可以选他，这回你信了吧？

妈　（思索）这么说，好比吧，狗儿他爹，要有人选他也成啊？

妇　那当然了，你还不知道哪，人家工会已经有人提王大叔了。

媳、凤　（同声）真的？

汉　我这倒是小事，狗儿他妈，你明白了吧，只要你看清楚了，咱们等会儿一家子开个会，讨论讨论、合计合计选谁好吧！

妈　（大悟）哦！这回我心里可瞭亮多了，老百姓真有说话的一天了，等会儿咱们一家子商量商量，叫媳妇替我写，我也投一票。

媳、凤　（同时欢快地）妈！你可想开了！

汉　好！商量商量，由好人里挑个好人，给咱办事吧！

［大家齐唱曲三《好人里挑好人》。

看得清来认得准，

好人里头挑好人。

谁为咱办事最热心□，

咱们写上他的名。

看得清来写得准，
好人里面挑好人。
前后左右都想到，
给好人写上选举票，选举票。

（全剧终）

附录

曲一

□□ 2/4

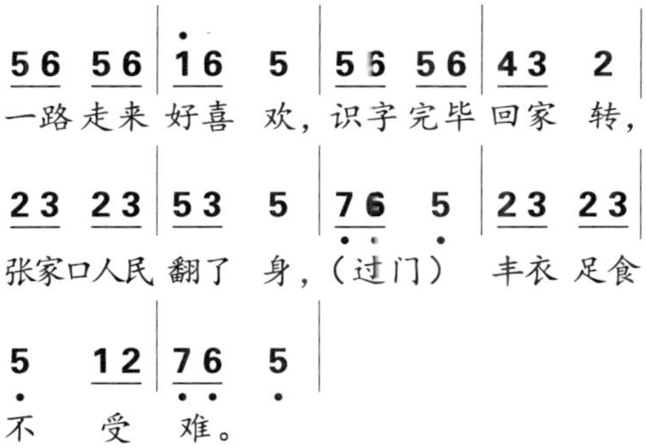
一路走来好喜 欢，识字完毕回家 转，
张家口人民 翻了 身，（过门） 丰衣 足食
不 受 难。

曲二

□□ 2/4

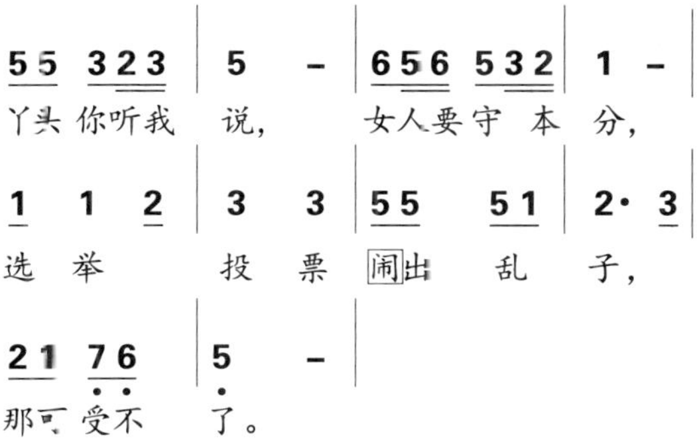
丫头 你听我 说， 女人要守 本 分，
选 举 投 票 闹出 乱 子，
那可 受不 了。

（《晋察冀日报》1946 年 4 月 14 日）

村　落　战

傅铎

时间　1946年秋初

地点　冀中边缘区

人物　民兵队长

民兵一、二、三、四、五、六、七等多人

顽军连长一人

顽军甲、乙、丙、丁、戊、己等多人

群众两人

青年妇女一人

［布景：在临村边的一个高房子里面，屋顶有口，从梯子上去就是高房堡垒，是民兵保卫家乡、坚持村落战的坚强工事。屋子里的窗户，因为战争环境，为了便于作战，已用土坯挡起来了。正面有一条土炕，炕上就是地道洞口，从洞口下去可通村外。墙上还挖了两个枪眼，可以监视村外，阻止敌人进攻。右前方有门通街。开幕时，场上无人，只是村外炮火连天，顽伪军正在疯狂地向村里进攻。村中之民兵武装，为了保卫家乡，与顽敌坚决地斗争着。枪声越响越近，情况越来越紧。片刻，民兵们持枪的、拿手榴弹的，满身大汗，一身尘土，紧张的情绪，急促的呼吸，慌忙地上场。

民兵队长　（以后简称队长），上堡垒，上堡垒！（民兵一、民兵三，登上了梯子）

民兵二　队长，我看钻地道吧！趁早转移到村外去，由外往里打。

队长　再顶会儿，不能让敌人进村；一进村，村里就遭殃啦！

民兵一　快着吧，小鼠，（对民兵二）有的是手榴弹和地雷，怕什么？

民兵二 （有点儿火）谁怕什么？！我说是转移到村外去，打他的屁股，剿他的后路，不更好吗？！

民兵三 一到情况紧张的时候，你就胡参谋。（对民兵一）走，老黑，咱们快上，打他们个婊子养的。

民兵一 走，打王八蛋。（两人急上梯子，民兵二也跟着往上走）

队长 小鼠，给你一个别的任务！

民兵二 （停在梯子上）什么任务？

队长 你从地道里钻出去，给别的村的民兵们或县保安队大队取个联系，告诉他们，就说咱们今天非给敌人拼个死活不行，望他们在外边多助一膀之力，里外配合，打个漂亮仗。

民兵二 是！（下梯子）

队长 快着走，俺们单等援兵来了，好向外反攻。

民兵二 是！（上炕揿起炕席钻洞而走）

队长 （上梯子）

［民兵四、民兵五、民兵六、民兵七上场，民兵七左胳膊受伤，民兵六搀着他。

队长 撤回来啦，怎么样？

民兵四 没关系，上不来，赶快把堡垒控制起来，敌人就没办法。

队长 （见民兵七）小花，怎么啦？

民兵七 让子弹穿了一下。

队长 哎呀！你休息吧，别打啦。

民兵七 没关系，一点儿也不觉得痛，就像让蚊子咬了一下。

队长 你们快把住这两个枪眼，沉着气，别着慌，今儿个非换几支美国枪不行。（急上堡垒，民兵四、民兵五一人守住一个枪眼）

民兵六　小花，把手榴弹、地雷都交给我，你下洞休息休息吧。

民兵七　我不休息！拿着个大活人，身上穿一个半个的小窟窿怕什么？没什么关系。（就往梯子上跑）

民兵六　（拦住他）队长说让你休息吗？

民兵七　队长也不能专制呀！他们把我打伤了，我非打死他们几个报仇不行。（又往上跑）

民兵六　（拉住民兵七）你等等！我给你把伤口包一下，不然流血太多。（二人包伤口，外边远远的顽伪军在喊口号）

远声　民兵们，缴枪吧！

民兵一　（在堡垒里）缴枪？呸死啦！

民兵三　都把你们打回去。

民兵四、民兵五　缴枪？缴给你们手榴弹，缴给你们枪子儿，都让你们回老家。

远声　民兵小子们有骨头，村子外头来，都用机关枪嘟嘟死你们。

队长　你们有骨头，村里来，都拿地雷炸死你们。

远声　你们出来。

队长、民兵们　你们进来。

远声　你们出来。

队长、民兵们　你们进来。

远声　好，你们真耗子舔猫鼻子——找死。兄弟们冲啊！（一阵冲锋号响）

队长　民兵哥们儿，抖威风啊，打兔崽子！

民兵们　（齐喊）打兔崽子！（一阵枪炮声，民兵七、民兵六气极了）

民兵七　（抱起了地雷）着地雷吧。（冲上堡垒）

[民兵六也冲上堡垒,民兵四、五守着两个枪眼,不断地射击,真是有形有色。

民兵四 (从枪眼里向外望)坏咧,坏咧！上来咧,打呀……打呀……打……

民兵五 (两眼向上望着堡垒上的民兵们,大声喊叫)上来啦,投手榴弹,扔地雷,快着,快着,快着……

队长 不要慌,沉住气,稳抓稳打,一枪一个呀……

民兵四 (对民兵五)小五,打这个,打这个。(两人瞄准,一、二齐放)

民兵五 死啦,死啦,不动啦。

民兵四 注意！东边茅房里去了两个,拿手榴弹投哇。(手榴弹声)

民兵四 又出来啦,打呀！跑回去啦,跑回去啦。(枪声慢慢地稀了)

队长 (从堡垒上下来站在梯子上,对民兵四、五)都打回去啦,大家都可以换一口气,准备第二次。

民兵四 给了兔崽子们一个钉子碰碰,再来还打。

队长 (往上走,兴奋地喊叫)伙计们,憋足了劲准备敌人第二次冲锋啊！

民兵一 (大声喊叫)唉！为什么又回去啦?草鸡了……

远声 穷民兵们,别瞎叫唤,今儿个攻不破这个村,俺们就不回去。

民兵四 不回去都死这儿。

民兵五 想回去呢,刮着旋风回去吧！

远声 别着急,一会儿见。

民兵们 等着你们哪！

远声 牺牲一个连也得把这个村拿下来。

民兵们 牺牲一个营，也是“馅儿饼抹油——白搭”。（冲锋号又吹）

民兵们 别瞎吹咧，吹破了腮帮子，吹裂了号筒子也攻不进来。

［又是一阵枪弹声。

队长 （下来立在梯子上）民兵老哥们，发扬民兵们的光荣传统，坚持到底，顶住劲儿，敌人的兵力不大，咱们的援兵快到了。

民兵四、民兵五 对！

队长 （又上碉堡）

［枪声激烈，忽然一个炮弹落在堡垒上，当屋落了好多泥土。

民兵四 坏咧！把房子打破咧！

［又是一炮，堡垒被击破，屋中落了一层砖瓦，堡垒上的民兵披着满身尘土下来。

队长 沉住气，别害怕，房上不能坚持，咱们还有地道呢！

民兵三 出去打，豁出一百多斤咧！（往外跑）

队长 （拦住）不行！咱们要打胜仗，还要不牺牲人。钻地道，下去以后一人把住一个炮楼，守住一个枪眼，得打就打，等着援兵一来，一样地消灭敌人。

民兵一 咱们这不算失败，第一没让他们俘虏，第二一个人也没牺牲，眼看着他们就躺下了好几个。

队长 钻吧！

［除了民兵四、五在坚持守着枪眼，阻止着敌人进攻，其余的民兵们都上了炕，掀开炕席钻了地道。最后民兵四、五钻了下去，又将炕席弄好。场上无人，只是旁边的枪声炮声不断地射击，片刻炮声熄了，顽伪军进入村口。

外声 准跑咧，看把堡垒都给打平了。

外声 进房子看吧，准都砸死啦。

外声 小心点儿，小心点儿，别埋伏着。

[忽然有两声枪。

外声 哎！哪打的？！房子里呀！

外声 不是，东边打过来的。

外声 小心点儿，小心点儿。

[门外有顽军小声地言语，是要准备进房了，但总不敢大胆地进来。片刻将门弄开，用棍子挑着一件顽军的衣服先晃了一下，看有动静没有，继而慢慢地三个顽军以搜索式的姿态进来，搜查了一下。

顽军甲 打了半天，这小子们一个也没死啊！

顽军乙 真难斗，一个也找不到啦！

顽军甲 真气死人，拿着咱们又有飞机又有大炮的，连几个穷民兵都斗不了。费半天力气，"牺牲"些个人，打进来啦，连个民兵的影也看不见啦！唉！（长出一口气）谁是老天爷呀？我看民兵就是老天爷，天不怕，地不怕。

顽军乙 真是王八好当气难生，挨半天打挨半天骂，连个报仇的地方都没有。

顽军丙 钻洞啦，找洞口吧。

[三个顽军正找洞口，忽然一声枪响，顽军乙负伤。

顽军乙 哎呀，哎呀……

顽军甲、顽军丙 怎么啦？

顽军乙 挂花啦，挂花啦。

顽军甲、顽军丙 哪儿打的枪？（又一声）

顽军甲 墙缝里打出来的。（又一声枪）

[三人急跑下，片刻民兵队长用头顶了顶炕席，露出来了一个脑

袋,忽听得门外有女人的喊叫声,即缩回脑袋去。片刻顽军丁追着一个青年妇女上场,到场上将妇女抓住,硬要拉妇女出去,妇女揪着身子不肯去。

妇女 （打顽军）你不是人揍的,你不是中国人,你不是人揍的……

［民兵队长又伸出头来,见此情景,想用枪打顽军丁,但又恐打着妇女,想开枪,又不敢。

顽军丁 别嚷,别嚷!

［将妇女抱在怀里,眼看着将妇女抱出去;队长和民兵三一下蹿出来,将顽军丁绑上,嘴里堵上毛巾,拉到洞口;顽军丁不肯钻洞,民兵三用手榴弹头照着顽军丁的脑袋砸了几下,硬把顽军丁塞到洞里。

队长 （对妇女）直打了这半天啦,怎么你们还没有藏起来呀?

妇女 家里有病人,俺看着病人来。

队长 快钻洞吧!（队长、妇女钻洞,一时的慌乱没把席盖好,继而顽军连长带着三个顽军上来）

顽军戊 洞口在这儿,（跳上炕去看洞口,从洞口里"啪"的一声枪响,顽军戊受伤倒下）,哎呀,哎呀……亲娘啊!

顽军己 好王八蛋,真厉害。（向洞里连扔了两个手榴弹）炸死王八蛋们!

顽连长 别打了,出去找铁锨、大镐挖洞。（顽军己、庚同下）

顽连长 （对顽军戊）怎样?要紧不要紧?

顽军戊 亲娘啊!疼死我了,我的亲娘啊!（哭）

顽连长 哭什么?没出息。

顽军戊 我活不了啦!我说不来,你们逼着我来……（哭）

顽连长 （踢顽军戊一脚）去你妈的,哭什么?孬种!

顽军戊 （不敢大声哭,只是抽噎）,我求求连长你,抬下我去吧。

顽连长 等着，别喊叫。

[两顽军领着两群众持铁锨、大镐上场。

顽连长 （对群众）老头儿，这里头有多少民兵啊？！

群众一 ……老总，这个是空洞，没有藏人。民兵们早跑啦。

顽连长 （上去打了一个耳光）放你妈的屁，没有民兵，这是你打伤的呀？（指顽军戊）你睁着眼说瞎话。

群众一 我不知道，我给你下去探探去。（说着一跳就下去）

顽军己 唉！别让他下去，他下去就不回来啦，这是脱身之计，（上前叫）老头儿、老头儿……坏咧，跑啦！

顽连长 不回来？！把洞都挖开，看你上哪儿跑！（对群众二）上去挖洞。

群众二 （上去刚挖了两下）老总，我一个人挖到什么时候去啊？我再去找几个人吧？（要下）

顽连长 去你妈的蛋，你也想跑哇？上去好好地挖！（群众二又继续挖洞）

顽军戊 哎呀，哎呀！

顽连长 别叫，哭什么！

顽军戊 我活不了啦！

顽连长 活不了，死啦！（村外枪声大作，顽军甲急上）

顽军甲 报告连长，村外八路军民兵又攻上来啦。

顽军戊 （吓得坐起）

顽连长 有多少？

顽军甲 数不清，分三路向村里进攻。（枪声更紧）

顽连长 快走，快走，打，打！（齐下）

顽军戊 连长，连长。（也爬着下场）

群众二 （到门口望了望，又回到洞口）唉、唉……快着出来呀，八路军来了。(片刻民兵们又伸出头望)。

群众二 快上来吧,八路军进村啦,打了交手仗啦。

[民兵们一涌而出,追下,听得门外人声、枪声、乱嘈嘈的。“追呀!抓活的呀!”

[片刻顽军甲被一个八路军追进来,二人拼刺刀,相持片刻,八路军将顽军甲刺死。顽军乙进来端着刺刀,向着八路军的背后刺去,恰巧民兵三追进来抱住顽军乙,摔倒在地,绑上。继而顽军己被民兵队长及一个八路军追上,跑到屋里,无处可躲,即跪在地上,举起枪来。

顽军己 投降,投降,八路老爷们,中国人不打中国人。

民兵二 打不打,先绑上再说。

顽军己 不绑也不跑,早想投降了。

八路军 你别害怕,只要缴枪就不杀,八路军优待俘虏。

民兵三 你们早缴枪不就完了吗?何必装这个傻,给老蒋卖命。

顽军们 唉!(沮丧而气愤地)我们早知道不行,第一次没冲上来,弟兄们就泄气咧,要不是连长那小子用枪督着,早跑的跑,投降的投降咧。

队长 你们别小看民兵,民兵作战有主力军做后台。高房堡垒打平了,有地道战。别看你们有飞机、大炮、美国枪,你们眼看着解放区也是“闻香不到口——干着急”。

八路军 (指顽军乙)你算看明白咧,解放区是人民用血肉换来的,我们要用血肉来保卫它;老蒋不顾民心打内战,有老百姓和我们一条心,说什么打不败他?

队长 我们的民兵配合主力兵团,主力兵团帮助民兵作战,有高房堡垒,有地道战,别说你们有一个反动的蒋介石,有三个蒋介石绑在一块,也能把你们一脚踢出去。

[民兵二进来。

民兵二 快着走，快着走！咱们的八路军，把顽军都包围在王家坟里啦，快去吧！

众 走，非打他们个落花流水不行，走！（急下）

（幕急落）

（《晋察冀日报》1946 年 10 月 1 日）

劝夫从军

林

引言 说是谁栽树谁歇凉，
谁下米谁吃饭。
谁要硬头不讲理，
把他鼻梁打断。
四句实话叙过，
内有一故事相随。
诸位请维持秩序，
听我一句一句地背念。
(唱)有一天，
有一天晚上月亮明，
微蓝的天空扎着几颗星。
月光笼罩着地上万物，
昆虫唧唧不住声。
张凤兰，
与丈夫大山在院子里坐，
一个说话一个听。
大山在旁嘛着嘴，
凤兰过去又把丈夫称：
好话说了有千千万，
也动不了你的定盘星。
大山说：
你说的这话我全都知道，

桩桩件件我讲得清。
没有感情咱就离婚，
何必劝我去当兵；
我去当兵上前线，
你好和别人走私通。
咱趁早，
好离好散比啥都好，
我也省得做你的眼中钉。

一句话说烦了模范妇女，
好像凉水浇头顶。
全身的筋骨发麻皱，
热火烧心一般同。
哑口无言有半晌，
眼泪泉涌似的往下冲；
哇的一声哭出嗓，
骂声大山糊涂虫。

凤兰 （唱）去与不去全在你，
何必放屁胡乱崩。
往日里咱夫妻多和好，
你言我顺好爱情。
今天丈夫说出此话，
你可叫我怎担承？
丈夫啊！
我劝你当兵非为别事，
为的是保卫咱们好光景。

你忘了？
上几年咱们那个难日子，
上顿接不上下顿的粮；
汉奸们征粮又派款，
交不上就监里装；
咱的爹坐监得病而死，
没有棺材和装柩衣裳。
你忘了？
汉奸和你要钱票，
你没有，
刺刀在你的身上穿；
三个半月没起炕，
端屎端尿我承当；
日子空没有那粮食面，
吃糠咽菜来养伤。
汉奸恨穷人死不净，
催粮派款射箭似的忙；
立逼着咱交款，
咱夫妻眼含痛泪无主张；
后来合计没有办法，
把咱们保家的好地顶了粮。
实指望受穷别出事，
不料想，
痛心的事儿从天降。
据点里流氓王二虎，
他劝我改嫁汉奸队长。

他说我跟着穷人没出路,
不如到据点里把福享。
被我骂得羞恨成怒,
榆木大棍在身上棒。
丈夫啊,
痛心的事儿说不尽,
望你低头想一想:
我与你,
维持会里挨过骂;
我与你,
汉奸棍下受过伤。
今日不听我的话,
反而把我来冤枉。
(白)大山被凤兰说了一番,说得心里一酸一辣,低头无言答对。凤兰见此情形接着说起来了:

凤兰 (唱)□从日本投降后,
八路军进了咱的庄,
把汉奸狗特务都打跑,
好像那,
拨开云雾见了天堂。
立即建立民主政府,
给穷人发了救济粮。
那时你养伤吃糠菜,
到后来白面馒头鸡蛋汤。
要不是八路军来得早,
你连病带饿早见了阎王。

自从共产党来到这里，
咱的日子一天比着一天。
实行减租又减息，
推倒了地主恶霸赵阎王。
穷人们都有了地种，
穷人的日子就一天比一天强。
共产党的政策好，
实行统税减轻负担。
那时候上顿看不见下顿饭，
这时候大囤里溜来小囤满。
想穿好衣裳有钱买，
想吃什么买什么，
过年过节的吃饺子，
吃饱穿暖再不困难。
这些好处还不算，
最欢喜，
人民都有了选举自由权。
以前这一文都没有的穷光蛋，
在今天也能在人群里发发言。
你在农会里是个组长，
我在那妇救会里担任宣传。
土豪劣绅全打倒，
老百姓，
自己选举自己的官。
也不再没粮把监坐，
也不再吃糠和咽菜，

也不再没钱被刺刀穿，

也不再被流氓欺侮咱。

叫声丈夫你说给我，

这样光景你喜欢不喜欢？

（白）大山说：我怎么不喜欢呢？那时候是什么日子呢？现在是什么日子呢？要不是共产党，别说没有今天，说不定连命也没有啦！

凤兰 （唱）闻听这句话，

心里觉得有点儿自然，

开言又把那丈夫叫，

我还有话对你谈：

我问你，

你要吃饭有人夺你碗，

问你能不能让他端？

有人想要你的命，

你能甘心归阴间？

（唱）大山闻听一瞪眼，

你说这话不沾弦。

今天有，

民主政府领导得好，

谁敢无故欺侮咱。

（白）凤兰说：现在就有！大山说：谁呀？凤兰说：就是万人恨的蒋介石。

凤兰 （唱）蒋介石见到解放区的好光景，

气得老小子红眼圈。

但他自己没有力量，
收编了大批的狗汉奸。
卖国投敌的都成了他亲兄弟，
又要求，
美国帮助打内战；
情愿意，
把中国主权交给美国，
换来了，
飞机大炮和子弹，
来屠杀咱们老百姓。
共产党为人民的好日子，
再三与他来谈判；
他不但不听我们的话，
反而倒大规模地进攻咱。
走一里来杀一里，
走一站来杀一站。
许多的百姓被他杀死，
许多的妇女同胞被他强奸；
村庄变成一片土，
房子化为满天烟。
抗战八年我们保卫得好，
今天蒋介石要来摧残。
他要人民的土地不能种，
自己的饭碗不能端；
他想着咱们给他当奴隶，
永辈子不能把身翻。

丈夫啊！

你是血气方刚的男子汉，

能不能束手把命断？

谁头上没有三尺火？

谁肚子里没有两块肝？

希望你，

思一思，想一想，

愿死愿活就在今天。

愿死你就家中坐，

愿活你就上前线！

［说得大山起了火，全身的鲜血攻胸前。

大山　（唱）请你不要往下讲，

气得我心里打战战；

以前怨我太糊涂，

思想意识欠锻炼。

我只说参加部队被打死，

摸不着在家享安然；

我只说蒋介石向我打内战，

不一定来到咱这边；

我只说蒋介石，

不一定那么太凶残。

现在我才明白了，

闹半天以前你说的都是实言。

这些完全是眼光浅，

可恨我脑子太简单；

我不该说话冤枉你，

望你海量多包涵。

今晚听了你的话，

明日里参加部队上前线！

[凤兰闻听把大拇指翘。

凤兰　（唱）你真不愧是青年。

刚才那事不怨你，

怨我没把话讲周全。

今天你前线去打仗，

我在家向你保证三个条件：

第一个，

保证咱永远感情好；

第二个，

家中的事情我承担；

第三个，

我保证积极参加大生产，

争取做个王秀鸾。

[大山闻听心欢喜。

大山　（唱）我也保证三个条件：

第一个，

战斗勇敢不怕死；

第二个，

群众纪律讲得严；

第三个，

多会儿打垮反动派，

多会儿才回家园。

（唱）两个人光顾来谈话，
抬头看，
太阳露出了地平线。
凤兰忙把饭来做，
大山急忙村公所里去报名。
找着村长与农会主任，
急忙回来又做准备。
夫妻俩欢欢喜喜把饭餐。
正是二人来用饭，
全村群众找到门前；
大锣大鼓敲得响，
男女老少喊了个欢。
欢迎大山上前线，
保卫咱们的好家园；
欢迎妻子送郎上战场，
模范妇女万古传！
这个说大山今天上前线，
那个说真是模范好青年；
这个说送给你把万人伞，
那个说送你匹大骡骑在上边。
大山在人群出现了，
面带微笑把话谈：
乡亲们这样欢迎我，
我一定誓死保家园。
凤兰一旁开言道：
咱们妇女也要争取模范，

妻子送郎当兵去，

母亲叫儿上前线；

青年自动上战场。

全村群众齐鼓掌，

大家拥护这个意见；

只要打垮蒋介石，

独立和平万万年！

（完）

（《晋察冀日报》1946年10月4日，副刊第125期）